航空英語與趣譚

舟津良行　著　　黃怡筠　譯

〇〇三民書局

Aviation English and Jokes

by

Yoshiyuki Funatsu

原 書 名　航空英語とジョーク

著作権者　舟津良行

原発行所　㈱学生社（日本）

Copyright © 1995 by Yoshiyuki Funatsu

序

　　過去英語在日本一度被視為敵國語言而遭到排斥，曾幾何時，今天的英語早已搖身一變，隨著外來語的日益普及，成為增添新鮮感、豪華感的道具之一。不僅在商業廣告裡外來語被大量運用，連報紙、電視等大眾傳播媒體中也應用日繁。

　　如同過去頻頻使用漢字被視為學富五車的證據；相同地，在今日使用英語單字、或聽起來帶有西洋風味的字句，亦往往給人時髦新潮的錯覺。利用這種帶有誇示意味、標榜新潮的手法，在商品行銷上也自然具有相當的效果。

　　另一方面，對始終無法隨心所欲駕馭英語的人而言，工作場合中必須使用英語則成為一樁苦差事。筆者身處的航空業就是一個典型的例子。

　　在日本的航空作業上，英語自第二次世界大戰以後就成為工作上必備的技能。我們從第二次世界大戰前日本所使用的代表性飛航機種中即可見端倪。戰前的飛機全部都屬於日本國產機種，駕駛飛機所使用的規定、程序、技巧等亦完全使用日語。但是戰後重新起步的航空業則從頭到尾一律得使用英語，落入不論是否願意，無法與英語和平共處者就無法駕駛飛機的窘境。

　　現在日本所使用的飛機絕大部分都是美國製的。即便是從美國以外的國家進口的飛機，其系統、構造、零件名稱等也採用英語。連操作手冊等解說亦完全以英語製作，甚至飛航中支援國際航運的地面航管人員與機上機員的通訊對話，在全球各地也都使用英語。

　　因此，航空公司的有關人員，特別是航運、維修、機艙空服員以及海關的管制人員等，人人一日無英語不可。對英語過敏的人則日日生活在壓力中。

　　日本為一島國，且是距離歐美最遠的海島。又因明治時代之前長期採取鎖國政策，與外國人交往更是受到嚴格的限制。在與外國人極少接觸的情況下，使用英語對日本人而言並非易事。但航空業因為工作之需，卻不得不學習英語。

　　背負如此宿命，學習「航空英語」實際上極為辛苦。如能獲得任職的公司提供外語學習課程的人實屬幸運。儘管如此，仍有許多企業界人士在學習上深受成效不彰所苦；或是前進一步倒退二步，或是多次立志努力學習卻無法持之以恆，最後不得不認輸投降自認才能不足的人何其之多。但是本性認真勤奮的日本企業界人士，依然有許多人克服挫折感，持續努力地學習著。

　　筆者接觸英語的起點十分平凡，是在就讀的中學裡。

我碰巧進入的中學是以外國傳教士兼醫生的海邦博士、以及島崎藤村（日本著名文人）而聞名的教會學校——明治學院，學校中有許多外國教師，學習英語的機會很多。

　　和「航空英語」的結緣則是在下述狀況下。大學畢業後我雖然任職於東京立川郊外的飛機引擎公司（日立航空機立川發動機製作所），但是一年後，隨著戰爭宣告結束的同時，我也失了業。之後美國第五空軍進駐立川機場進行整頓，籌建軍用機的飛行支援體系，我便加入了這個組織。

　　戰爭甫畢，很多人還在一片茫然當中，加入進駐軍隊擔任口譯人員著實需要相當大的勇氣，但是不工作就沒飯吃，也由不得我選擇。

　　在進駐軍中，每天窮於應付應接不暇的英語會話固然十分辛苦，但是美軍官兵對我不嫌棄的態度，雖談不上友情卻也十分親切。他們經常帶口袋書給我。或許因為過去未曾接觸此類知識，在得以大量閱讀英美偵探小說與科幻書籍下，我也學習到英語與英美文化。當時還沒有 SF（Science Fiction：科幻小說）這個字眼，筆者仍記得當時在某雜誌上分類連載介紹 SF 類文學（太空旅行故事、時光旅行、機器人物語、突變人、異次元世界、未來社會）時，使用的是「超科學小說」這個名詞。而我在那段時間裡，透過了口袋書我幾乎讀遍了阿嘉莎‧克莉絲汀的偵探小說（約八十冊）。

在經歷數年的口譯生涯後，我進入遞信省航空保安部（現在的運輸省航空局）工作。1950 年，報上刊載一個 GARIOA 基金（Government Appropriation for Relief in Occupied Areas Fund：美軍佔領區救濟基金）提供到美國留學的機會，於是我在 1950 年 7 月起到美國俄亥俄州立大學研究所留學一年，學習飛機用噴射引擎並帶回美國聯邦航空局（CAA: 現在的 FAA）最新的航空法規等。

俄亥俄州立大學不僅為教職員、學生設立高爾夫球場，並擁有專用的機場與十多架飛機，對飛行訓練與航空工程學的研究助益良多。順帶一提，我在此次留學後約四十年，曾在位於英國倫敦郊外貝德弗德（Bedford）的克蘭菲爾德（Clainfield）理工學院擔任客座教授，該校建於戰時供空軍所使用的機場上，亦擁有十數架飛機，提供的環境與俄亥俄州立大學十分相似，非常有趣。這種情形並非單純的巧合，而是大學作為航空工程學研究、學習的機構，擁有可自由使用的飛機與機場是理所當然之故。

因航空局、全日空航空公司任職之便，經常得與美國及全球的飛機、引擎製造業者以及其他航空公司接觸，也對學習英語大有助益。

從戰前到戰後約五十年間在航空界的工作中，每天不斷從錯誤中學習經驗，現在將充滿淚水歡笑的航空英語的真面目試著在此做一整理，希望能提供那些與筆者在相同情境下辛勤工作的人們當作參考。

　　筆者深感，本書若非承蒙航空業界諸位先進長年來的指導、示範及鼓勵無法付梓，尤其是全日空綜合安全推進委員會事務局主席部員前川博和先生、公關室主席部員長畠広隆先生以及 Ms. Sally Newnham，在這幾位充滿耐性的專家們的建言下，為本書做了鉅細靡遺的補強，在此深表謝意。

舟津良行

航空英語與趣譚

目 次

1 語言遊戲

a) 英語的學習 　*2*

b) 童詩、童謠 　*4*

c) 首字母組合記憶法 　*10*

d) 變換字母的排列順序另拼新字 　*14*

e) 由前往後，由後往前，讀起來意思相同
的語句 　*18*

f) 英語的動作 　*19*

g) 一般笑話 　*23*

h) 航空趣譚 　*39*

i) 令人為之拍案叫絕的話語 　*51*

2 不易以一般方法了解的英語

a) 難以對譯的英語 60

b) 英、美語的差異 64

c) 不易辨識的字 67

d) 容易拼錯的字 68

e) 文字與數字的表現 73

f) 新造字 74

3 海外旅遊

a) 嚇出一身冷汗的經驗 78

b) 時差不適 83

c) 行程 84

d) 飯店 85

4 國際會議

a) 會議的舉辦 88

b) 演講 89

c) 宴會 91

d) 翻譯 92

e) 餐飲的招待 93

5 航空界的話題

a) 經驗法則 *102*

b) 航空上不可思議的事情 *106*

6 航空交通管制英語

a) 呼叫訊號 *113*

b) 通訊的一般用語 *114*

c) 通訊用語的用法 *116*

d) 事故、意外事例 *125*

7 航空特有的表現

a) 航空用語 *136*

b) 航空上的縮寫 *157*

c) 民航機的國籍記號 *178*

d) 航空公司代碼 *180*

e) 城市代碼與機場代碼 *183*

1 語言遊戲

人類是唯一會哭會笑的動物，而能協助人類發揮此一特長的唯有語言。換言之，我們能運用語言來押韻、創作俏皮的諧音；簡短的三言兩語能逗樂人心；天馬行空的理論、天外飛來的突發奇想更能令人噴飯，引起哄堂大笑。後者的極致當然非笑話莫屬了。語言學習的訓練首先就從能刺激腦部鮮活、輕鬆有趣的項目開始吧。

a) 英語的學習

人突然地來到這個世界上，剛生下來就得面臨全然的未知。但是，很神奇地，人並未特意學習一切，日復一日自然就本能地學會了生存所需的技能，差不多到了國中的階段幾乎就能了解所有的事物。

雖然凡事該學習到何種程度沒有定規，但是很多人畢生熱中於某一特定事物，或一輩子獻身於某一範疇，在該領域內終生孜孜不倦、勤奮學習之人亦所在多有。

畢竟人的生命有限，任何人一天都只有二十四小時，不論學習什麼，都必須每天有計畫地進行，盡量投入更多的時間，做更為有效的學習。

此外，人在學習目標的選擇上也是大不相同，甚至一些異想天開的構想也成了學習的對象。例如在中國《莊子》一書中就曾提到一位認真學習屠龍術的人。通常龍被認為是一種想像中的動物。縱使有關龍的故事很多，但是實際上恐怕沒機會把龍烹調入菜吧。

儘管如此，有人學習屠龍術已經夠令人驚訝，但是竟還有人教授屠龍術，更是令人吃驚。不過《莊子》一書本來就充滿駭人聽聞的事情，所以有關龍的故事倒也不必認真去追究。

從前之事姑且不提，無獨有偶地，1994 年春季，*Times* 上刊載了一篇報導。這篇報導來自美國麻塞諸塞州阿姆哈斯特的美聯社。故事中的主角畢業於哈佛大學，在某企業擔任督察工作。受到企業緊縮的影響，於六十歲提早退休。

為了讓自己退休後的人生過得更有意義，他決定每天挪出一個小時背誦古希臘詩人荷馬的作品《伊里亞德》，他每日不間斷地努力，持續背誦這本全文 600 頁、2 卷、15,693 行、超過 20 萬音節的書。十六年來他已投入共計 5,840 小時在這項學習上，並成功地記住了 14,800 行的內容。

對於別人問他：「怎麼做到的？」他回答：「首先得有毅力，當然還需要一點瘋狂。」為了展示他此項背誦的部分成果，他在麻塞諸塞大學花費大約一小時的時間背誦了 650 行的內容。在這場演出中，有位古典文學教授列席，對照其背誦的內容，據聞內容並無失誤。不過，當被

問及是否已掌握到荷馬古典文學的精髓時，他搖著頭回答：「沒有！沒有！老實說，要是能夠就好了。」

那麼，學習英語到底該注意哪些地方才能發揮效果呢？就我個人的獨斷與偏見，舉薦以下的項目。

(1)閱讀英文報紙（了解 current topics, new words, proper nouns）。

(2)閱讀英文小說（內容輕鬆的、有趣的。例如 Agatha Christie, Frederic Forsyth, Robert Ludlum, James Mitchener 等的作品）。

(3)收聽收音機的英語教學節目（熟悉 native speaker 的發音）。

(4)英文書信、演講稿等不委交下屬或秘書，親自書寫。除了學習之外，也能大幅縮短協調與定稿的時間。並以電腦來編輯文件。

(5)熟讀與自身相關的國際會議開會記錄。

(6)積極接受國際會議之演講機會。

(7)搭機時多與鄰座乘客交談（免費的一對一會話課程）。

(8)有機會多讀聖經、童詩（Mother Goose 童謠集等）。

b) 童詩、童謠

前面我們曾經提及最好能加強對童詩、童謠的認識，在這裡我們將介紹童詩、童謠的部分特性。

我們在閱讀技術書籍方面通常比較沒有問題，但是在閱讀報章雜誌的報導時，卻經常會遇到引用聖經或童詩、童謠等英語系國家人民視為常識的內容作為背景的情形。缺乏這類知識，即使再怎麼仔細研讀報導內容，往往無法透徹了解。隨著基督教在國內的日漸普及，已經有很多人對聖經中所描述的故事達到某種程度的了解，但是對於英語國家的童詩、童謠（nursery rhyme）等傳統故事卻幾乎是全然陌生。

英語的本家英國，其童謠正如我們的童謠、童話一般，是在文學發展之前就代代口耳相傳下來的，直到現今仍舊潛藏在英語系國家人民的日常生活中，為一潛意識的精神文化。因此在報章雜誌上，有時候，將這些英語系國家人民共通的知識作為報導的背景也是理所當然之事。在日本，《桃太郎》、《竹取物語》、《浦島太郎》等是每一位日本人都耳熟能詳的故事。若有人說：「他旅居國外多年，回國後日本各方面變化劇烈，他現在就像浦島太郎一樣」。這句話相信任何人聽了都能輕易地了解。

至於童詩、童謠在日常英語中是如何呈現的，茲舉二、三個例子加以說明。在英國，仍有許多古老的傳說與童謠流傳至今，這些口耳相傳的童謠大多稱作「童謠（nursery rhyme）」或「鵝媽媽（Mother Goose）童謠

集」。大部分童謠的含義並不清楚，但是仍原封不動地流
傳了下來。而且在流傳的過程中，內容也會增添或刪減。
無論如何，這些童謠總是先人重要的記憶、智慧的精華。
姑且不去討論童謠在英國文學上的意義，我們來看看以下
幾個實例。

首先是 Humpty Dumpty（蛋頭）的童謠：

Humpty Dumpty sat on a wall,
Humpty Dumpty had a great fall.
All the king's horses,
And all the king's men,
Couldn't put Humpty together again.

蛋頭坐在牆上，
蛋頭摔個大跤。
即使動員國王所有的馬，
即使動員國王所有的部下，
也無法把蛋頭恢復原狀。

據說這篇童謠首次出現在文獻上是在 1760 年代，但
是在英國廣為流傳則可追溯至更久遠以前。

文中的 Humpty Dumpty（蛋頭）為蛋的象徵，從牆
上掉下來後就無法恢復原狀。即使動員國王所有的兵馬，

也無法恢復蛋頭原來的模樣。

　　美國曾經出現過一次全國郵政業務幾乎完全癱瘓的情形，當時美國某家報社在報導該新聞時，就引用這篇童謠，以 "Can Uncle Sam put Humpty Dumpty together again?" 為標題。

　　某政治人物因緋聞下臺時，某家報紙亦使用 "All the king's men couldn't put Humpty together again." 的方式來表現。

　　另外還有一個如下的童謠：

There was a little girl,

And she had a little curl

Right in the middle of her forehead;

When she was good, she was very, very good,

But when she was bad,

She was horrid.

有個小女孩，

額頭正中有撮鬈髮；

當她乖起來，

真是個乖孩子，

當她壞起來，

她可真討厭。

有人套用這個童謠，在描述有關美國電影性感女星
Mae West（梅·威斯特）的短評中寫道：

Mae West,（probably the only star who had an
important piece of war material named after her
（the life preservers, 救生衣）, which when
inflated, saved many an aviator ditched in the
sea）is wont to boast, "When I'm good, I'm
very, very good...... but when I'm bad, I'm
better."

（Mae West，恐怕是唯一有重要戰爭用配備以她
命名的明星 ——（mae west，救生衣），充氣膨
脹的救生衣解救了無數墜海的飛行員 —— 她經常
以此自豪「當我好起來，我非常非常好……當我
壞起來，我更棒。」）

聽到這段話，恐怕連瑪麗蓮·夢露也要臉紅。
在阿嘉莎·克莉絲汀著名的偵探小說 Ten Little Niggers
中就是以下面這段童謠為背景：

Ten little Indians standin' in a line,
One toddled home and then there were nine;

....

....

（十個小印第安人排成一列，一個晃啊晃回家
去，剩下九個小印第安人。……）

　　這篇童謠到最後就一個印第安人都不剩，克莉絲汀的
Ten Little Niggers 就是以這一整篇童謠作為小說的背景。

　　已故的市河三喜先生在一本辭典的序文中就曾經把英
語區分為 plain English（無色英語）與 coloured English
（有色英語）。他的意思是，英美人士因為從小學習童謠這
類包含人情世故代代流傳下來的故事，因此所說的英語是
「彩色的」，外國人即使再怎麼努力學習，若言語中缺乏此
類意含，所說的英語不過是「黑白的」。

　　其實，在鵝媽媽童謠集中，有很多篇章所要表現的主
題並不明顯。例如大家也很熟悉的 "London bridge is
falling down" 以及 "Sing a song of six pence, a pocket
full of rye......" 就是典型的例子。

　　後者的部份內容如下：

Sing a song of six pence,
A pocket full of rye;
Four and twenty blackbirds,

Baked in a pie.

When the pie was opened,

The birds began to sing;

Was not that a dainty dish,

To set before the King?

唱一首六便士之歌，

口袋裡裝滿裸麥；

二十四隻黑鶇鳥被烤進派裡頭。

當派被切開時，

黑鶇鳥就唱起歌；

真是獻給國王的一道精緻佳餚。

像這樣的歌謠，不僅內容難以理解，而且給人一種怪
異的感覺。

c) 首字母組合記憶法

近來 human factor（人員因素）成為各行各業推動安
全的重要字彙，其中有個對飛行員檢查自我身心狀態十分
有幫助的神奇咒語。這咒語是

I'm safe.（我很安全。）

光看這個句子其實看不出有什麼特別的地方，但是將字母

一字一字拆開變成下列重要檢查清單的關鍵字，讀者就能
了解其神奇之處。

I	·········Illness	（疾病）
m	·········Medication	（服藥狀況）
s	·········Stress	（精神緊張）
a	·········Alcohol	（含酒精飲料）
f	·········Fatigue	（疲勞）
e	·········Emotion	（感情）

飛行員在執行飛行任務時，必須完全通過這些檢驗條
件才行。

另外，美國的 R. R. Aurner 教授在教導如何書寫適切
的商業書信時，也列舉了下列七項要件。

Completeness	（完整）
Clearness	（清楚）
Concreteness	（具體）
Conciseness	（簡潔）
Correctness	（正確）
Courtesy	（謙恭有禮）
Consideration	（深思熟慮）

這七個 Cs 是放諸 seven seas（七海）皆準的。這樣
的排列也容易記憶。

1994 年 5 月，全日空航空公司舉辦了例行的航空安

全週特別演講，邀請到弘前大學醫學院麻醉科的松木明知教授（Prof. Matsuki）主講。題目是「防止醫療現場失誤之要點」。

或許很多讀者會懷疑麻醉與航空安全究竟有何關連？倘若諸位了解航空界發生過的許多危險事件中，絕大部分與飛行員、航管人員、維修人員等的人員因素息息相關，而這一點與麻醉醫師所面臨的情況完全相同時，想必就可以理解。

這位教授在演講中，將能幫助麻醉醫師防止失誤發生的七點注意事項，歸納成形式獨特且容易記憶的方式介紹給大家。這七點規則是以該教授的名字命名的：

Matsuki's Seven Rules

Monitor your patient adequately.

充分觀察你的病患

Assure of your drugs and equipments.

確認藥品與設備

Titrate your patient.

對病患少量滴定投藥

Stay with your patient.

不離開病患

Understand your machine and ventilator.

了解機器與儀器

Keep contact with your surgeon.

與執刀醫師保持聯繫

Inform of your patient to your boss.

向主治醫師報告病患狀況

這份檢查表中最有趣的,是各注意事項的字首串連起來唸,就成為這位教授的名字MATSUKI。

此外,三個相同字母的略語也不容易忘記。下面有幾個例子:

EEE…………Energy Efficient Engine
（省能源引擎）

PPP …………Polluter Pays Principle
（污染者付費原則）

RRR…………Rapid Runway Repair
（跑道緊急修理）

TTT…………Tailplane Trimming Tank
（尾翼輔助油箱）

WWW ………World Wide Web
（全球資訊網）

d) 變換字母的排列順序另拼新字

語言遊戲中有一種稱為 anagram 的遊戲。方法是改變字母的排列順序，另造一個不同字義的單字，舉個例子：

LISTEN ⇦ ⇨ SILENT

全日空雖是一家創業已四十多年的航空公司，但加入飛航國際航線不過七年左右，因此在海外的知名度並不高。職責之故，我老早就在思考該怎麼做才能在外國人之間提高全日空的知名度。碰巧在 1993 年春，IATA 的國際航空環境講習會在全日空華盛頓特區的飯店舉行，我很榮幸地在午餐會上獲得幾分鐘致詞的機會。難得的大好良機，我思索著該如何讓這麼短短幾分鐘的致詞不使聽眾感到無聊，同時又絕對難忘全日空（ANA）的名字。最後的演講內容大致如下，獲得了超乎意料的笑聲與掌聲。

...... ANA is still fairly new in the international air transport community. Consequently, its name is not so well known outside Japan. You all realize that in recent years, the world is full of acronyms（字首簡稱）, especially three-letter ones. It really is a difficult task to make the name of ANA well known overnight, without falling victim to unsavory newspaper headlines. So, today, I would like to try to make a breakthrough with this problem.（不因惡事上報而想一夜成名，實比登天還難。但是，今天我要挑戰這個問題。）

Racking my brains（幾經思索），I came across an English word which seemed to have been reserved for ANA use. That is ANA gram, a kind of word puzzle, where you have a combination of letters such as "PREPA-RATION" which, with a swish of your magic wand, is transformed into "ANA-tripper（ANA 的旅行者）". Likewise, "CANARY" into "Cry ANA（大叫 ANA）" or "JAPANESE" into "ANA-jeeps（ANA 的吉普車）", which I don't know what they look like. Incidentally, if any of you happen to meet Mr. Clinton in the near future, please tell him that ANA has no intention to export those cars to U.S. Above all things, however, I would like to see that ANA is known as an acronym of "Always No

Accidents......"

還有一件遠較這場致詞還早發生，飛行員因全日空的知名度太低而吃了不少苦頭的故事，這段對話如下：（原文刊載於全日空 月刊《社友》第 10 號，1992 年 11 月 機長 石崎秀夫先生與西德管制人員之間的一段辛苦對話）

「法蘭克福塔臺，這裡是 AN Airways 8601，視線清楚嗎？」

「視線清楚，請再重覆一次您的呼號（call sign）。」

「這裡是……AN Airways 8601。」

「8601 我聽得懂。前面是什麼？」

「這裡是 AN Airways……」

「請拼出來。」

「ANA....... AN Airways.」

「知道了。是 Japan Air Lines，對吧？」

「不是。是 ANA……」

「是哪個國家？」

「日本。」

「那不就是 JAL 嗎？」

「不是。是另一家航空公司。」

這是 1961 年 6 月初從荷蘭空運 F-27 時發生的事情。
一直到飛機飛抵日本，才結束這一路上解釋不清的痛苦。
機長回國後提出意見，ANA 的呼號才改成今天的 "All
Nippon"。

為了提高知名度，自 1993 年秋開始，全日空將一架
新啟用的巨無霸客機機身，整個以鯨魚等多種海洋生物為
主題加以彩繪（該圖案為當時參加設計比賽，一位小學六
年級女生的作品），這架飛機被命名為海洋巨無霸，飛行
日本國內各地廣受歡迎，對提升知名度似乎也產生了效
用。

除了 B747 之外，較小型的 B767 也畫上相同的圖
案，命名為小海洋巨無霸，飛航巨無霸無法起降的機場。
很遺憾這些海洋巨無霸機只飛行日本國內航線，無助於國
際間知名度的提高。

羽田機場裡航向跑道的海洋巨無霸（波音 747）

航空英語與趣譚

e) 由前往後，由後往前，讀起來意思相同 的語句

從前面往後讀，從後面倒著讀，讀起來意思相同的語句，英語中稱為 palindrome。中文裡「上海自來水來自海上」即為一例。

英語單字中簡單的回文有 eye, Madam 等。句子的回文則如下：

Poor Dan is in a droop.　　（可憐的丹掉下去。）

Able was I ere I saw Elba.（在見到亞爾伯島之前我
還能夠攻擊——對於攻擊
英國這個假設問題，拿破
崙可能會回應的答案。）

縮寫方面則有下列的回文例：

ANA　　（All Nippon Airways）

FSF　　（Flight Safety Foundation）

IHI　　（Ishikawajima Harima Heavy Industries）

前述的 EEE, PPP, RRR, TTT, WWW 等也都屬於此類。

此外，德語中也有 palindrom 這個字，意思是「逆讀之謎」，就是說不管一個字正讀逆讀都有意義，宛若文字之謎一般。例如：

Gras（草）⇦ ⇨ Sarg（靈柩）

Regen（雨）⇦ ⇨ Neger（黑人）

附記：本項許多內容均引述自前川博和先生的調查與研究。

f) 英語的動作

　　某企業有一名幹部真是一位了不起的人物，他派駐國外五年後回到東京工作，在接到別人的英語來電時竟將電話直接掛斷。對被迫使用英語的人而言，英語會話實在是苦不堪言的差事。本段落先介紹一些容易弄錯的表現方式，這些簡單的表現雖然不像英語笑話那麼難懂，但是因不同的文化存在著思考模式或表現方法不同的地方，如果無法理解，就很難往下繼續進行對話。

　　下面要介紹幾種上述類型的表現方式：

在與外國人應酬時有時也會喝酒。當對方為我們在玻璃杯中斟酒時常會說 "Say when!" 來詢問我們該倒多少酒才好。看到玻璃杯中酒的分量差不多時，別想得太複雜，只要回答： "When!" 即可。

外國人經常在聊到很得意之處或講得很高興時，以右手輕輕握拳在左胸口上來回磨擦。此外，外國人在心頭有一抹不安掠過時，會立即敲敲身旁的木製物品

（桌椅皆可），口中喃喃自語："Knock on wood!"祈禱自己不要錯失幸運。

外國人在表達心中的不滿時，會將嘴裡的空氣吐出，發出 "Pooh!" 的聲音。相反地，當他們受驚時，會急促地吸氣，發出「……忽！」的聲音。

當事情發展不盡如人意時，外國人往往會說："It could have been worse!" 來強調沒什麼大不了的，並強顏歡笑故做開朗，不讓身旁的人太擔心。

當事與願違完全無法挽救時，在英語的動作中會聳聳肩說："This is a fact of life!" 表示舉白旗投降。

當情勢發展到必須要求對方忍氣讓步時，為了安慰對方並表示能體會對方的立場，英語會說："...... you know, you never get something for nothing."（你知道的，凡事都得付出代價。）

對太過得意、趾高氣昂的人，例如對最近因身居高位而氣勢囂張的人，可以婉轉地說："There are very few people who are perfect." 之類，委婉表達不滿的情緒。不過，這些人當中並非人人都是省油的燈，有些人甚至會認為自己是不可多得的成功者，可能反倒會說："I am flattered!"（光榮之至！）出招反擊。為了避免發生這種情況，只要一開始說："Nobody is perfect!"，對方大概也只能啞口無言了。

人與人交往一定會面臨別離的一刻。離別時，對於因調動、退休等原因即將離開我們生活範圍的人們，除了祝福對方將來幸福外，也可以說句將來一定還會再見面之類的話，讓整個氣氛開朗一些。例如可以說："I am sure our paths will cross one of these days."（總有一天還會再相見。）

對於太過自讚自誇的人，可以對他說："You don't mean to say, all your geese are swans?"（你不會是說你的鵝都是天鵝吧？）

諺語不但包含了許多全球共通的智慧，也提供了對話的材料。對事情進展不順利的人可以說："Don't mind, even Homer sometimes nods."（別灰心，即使是偉大的希臘詩人荷馬，也會有腸枯思竭的時候。）相當於我們說的「人非聖賢，孰能無過。」

歐美人士在決定順序時，通常會擲銅板，以銅板的正反面來決定先後。這種時候，插科打諢一下可以讓氣氛緩和一點："Heads, I win, tails, you lose, OK?"（正面我贏，反面你輸，OK？）

（怎麼可能有人會答應！）

被過分稱讚，覺得不好意思時，英語中常說："What good can it do for an ass to be called a lion?"（你那樣讚美我，簡直就是把驢子當獅子般看待了。）

📡 參加派對突然被邀致詞，如果堅持拒絕會顯得沒有風度。不過，感覺場合不適當，要表達自己的困擾時，可以說："I feel like a round peg in a square hole." （我覺得好像一支圓棒要被塞入四方洞裡去的感覺。）

📡 派對致詞在真正進入主題前的暖身談話時，可以開玩笑地對主持人說："Thank you, Jack, for asking me to say a few words. To tell you the truth, I have been looking forward to this opportunity ever since... since... 5 o'clock this afternoon."

（突然受邀致詞，反諷自己多麼引頸企盼這樣的機會。）

📡 以下之警句也提供讀者參考：

＊ Better wear out shoes than sheets.

（把鞋穿壞總比把床單睡破好；別光睡不工作）。

＊ 6 hours, sleep for a man, 7 for a woman and 8 for a fool.

（與前一項意思相同。）

＊ Safety is not valued till accident comes.

（事故發生才明白安全之可貴。）

＊ A disease known is half cured.

（了解毛病在哪裡就等於治好了一半。）

g) 一般笑話

很多笑話和性都離不開關係。本書雖然極力避免內容不雅的笑話，但是仍有一些帶著若干色彩。注意在眾人面前講這些笑話時，不要流於低俗。

這些笑話當中有些亦出現了國家、民族名稱，書中也不刻意刪除仍保留原貌。這些名稱之所以保留雖有其意義存在，但是希望讀者們看過就算了。

即使對日本了解不深的外國人，對富士山、藝妓、武士多少都有些認識（近來由於經濟摩擦的關係，對日本的實際狀況愈發了解的外國人也多了起來）。有時候，對外國人可以用不同於觀光指南的角度來介紹日本：

Now, let me tell you a story about samurai. Once a great tournament was held in feudal Japan（在封建時代的日本）to select the best samurai swordsman. After exhaustive selections, three finalists remained. Each was given a small box with a fly in it.

The first samurai released his fly and then divided it with a swish of his sword cleanly into halves in air.

The second man was even more skillful, slicing the fly into quarters with two lightning strokes of his sharp blade.（切成四半）

Then came the third samurai's turn. He released his fly and swung his sword, but the fly kept on flying. "Ah!" said the judge, "Your fly has escaped unharmed."（你的蒼蠅毫髮無傷地飛走了）

The third samurai composedly countered, "He still flies, but he will no longer reproduce."（牠雖然飛走了，可是卻再也不能生育了。）

這是大約在十年前，一場於東京舉行的會議上流傳的一則笑話，受到意外的歡迎，甚至直到現在都還有人告訴我這個笑話真的很有趣。

外國人的名字有很多都很難記，即使記住了，慌亂之中一下子要說出口恐怕也會咬到舌頭。如何克服每個人都有的記憶力自卑情結，可試試以下的方法：

Talking of memory, I am fortunate that I have an excellent memory. There are only three things that I can not remember. I cannot remember names. I cannot remember faces. And, I cannot remember...... remember...... what the third thing is.（連自己記不住的第三件事是什麼都記不得了。）

全球普遍的不景氣，每家公司為了維持收支平衡無不費盡心力。在這樣的情況下，就發生了下面這樣的事：

Making money is not an easy thing. Saving money is even more difficult. The management of a certain faltering corporation offered a $100 award to those employees who turned in the best suggestions as to how the company could save money.

The first prize went to a brilliant young engineer who suggested that the award be reduced to $50 from next time. （最佳提案獎是由提議自下次起將獎金 100 美元減為 50 美元的傑出年輕工程師獲得。）

（唉！推動節省的運動自己也成為被節省的對象。）

日圓升值，下一則笑話可能會讓鬱卒的外國人好過一些：

"... Tokyo is the most expensive city in the world. In my hometown, you can drink as much as you want without paying, sleep in a fancy hotel for free and wake up in the morning to find $50 on the pillow."

And, asked if it had happened to him, the man replied, "No, but it happens to my wife all the time."

（太太可能從事某種特種行業吧。）

🛩 儘管球場費用昂貴，泡沫經濟崩潰，但是高爾夫球在男士間卻十分盛行。也有很多太太是高爾夫球迷呢！

One of those housewives was sick in bed, dying. She called to her husband who was tending her in a feeble voice, "Darling, I am dying. After I am gone, I want you to marry again and be happy. However, please, don't let anybody use my favorite set of golf-clubs." The husband, sobbing, answered, "Don't worry, my dear, she is left-handed."

（這位丈夫太多嘴了。）

🛩 在東京，充滿朝氣活力的六本木往往是很多人帶外國朋友前往遊玩的最佳選擇。六本木的每家店都十分強調自己的特色。近來可能因為牛肉價格暴漲，所以某家漢堡店在強調自己使用的牛肉品質時說：

The chef was talking to one of his clients. "Our ham-burgers are 100% beef. In addition to that, they contain 30% horse meat."

（以後別再以為 100% 代表純正無雜質的意思了。）

🛩 受邀在宴會中演講，什麼時候上臺完全由主持人決定。在宴會的開場或中場演講，氣氛是完全不同的。輪到中場上臺演講的情況最慘，遇到這種情形可以稍微開開玩笑：

"Making a speech in the midst of a party is not an easy job. On the other hand, the opening speaker is always welcome because we know the speaker is usually an important person. Then comes the toastmaster who is even more welcome than the opening speaker, especially by drinkers. And, of course, the last speaker, that is, the concluding speaker is most welcome because we know we can go home after his speech. But, what happens to a man who makes a speech in the middle? All you can do is, just immerse yourself in your speech determinedly, without trying to see if your speech is having any effect on the audience. Whether you make your speech in English or Hindu, it doesn't make any difference. They are not listening to you anyway."

（受邀在宴會中場上臺演講時不要自覺受到輕視，就當作大家都不會專心聽，輕鬆講幾句話就好了。）

「年年歲歲花相似，歲歲年年人不同」，這是很多退休人的感言。在談到距離退休還有多久，退休後要做些什麼，氣氛顯得黯然時，產生了這麼一段話：

"I firmly believe, a man is as old as he feels, just like

a woman who is as old as she looks. In my case, when I am at work, I feel I am 60. I am pleased, however, when I go backpacking on weekends, I feel I must be around 30. But when I am at home, especially at night, I feel I cannot be younger than 90."

（其實，真正的年齡只在小學入學時有意義而已。）

對不喜歡聖誕節演說太過呆板的人，有這麼一則笑話：

"Before I close my speech, I want you to meet an important person, a girl incidentally. Where is she? She is on her way, I know."

"... Knock, Knock!

（Here she comes!）

... Who's there?

... Mary.

... Mary who?

... Merry Christmas and Happy New Year!"

這個 "Knock, Knock!" 還有其他不同版本的笑話：

... Knock, Knock!

... Who's there?

... Lettuce.

... Lettuce who?

... Let us in and you'll Know.

（利用 Lettuce（萵苣）與 Let us 的諧音。）

在歡送會上，利用下面一則笑話省去一場肉麻的歌功頌德：

"In Japan, every one is praised or paid a high compliment three times in his or her life time. They are the wedding celebration party, and the retirement sayonara party, and lastly his or her funeral, in this order. If you disturb it, you will miss one or two of these privileges."

（每個人一生受到頌揚的機會都只有三次。）

有些國家律師人數之多，多到隨便丟顆石頭出去都會砸到律師。在這類國家就有這樣的故事：

Once a cannibal（食人族的）housewife went to a butcher in a big city to buy some brain for supper. The butcher told her there were several kinds. Pig $1 per kilo, dog $2 per kilo, monkey $3 and lawyer $20. The housewife asked him why the brain from lawyers was so expensive. The butcher answered, "For 1 kilo of brain, we need a lot of lawyers!"

（這則笑話可是一位美國律師的拿手好戲！）

一位職員被調職到野生動物繁多的南亞國家去，他的情況可說是：

"...... to make your life there more enjoyable, I would like to teach you how to catch wild animals alive with your bare hands. This evening, due to the time constraints, I will concern myself with monkeys only. This method consists of three steps. Firstly, you enter a jungle and climb up a tree. Secondly, you hang upside-down in it. And, thirdly, you cry like a banana."

（倒掛在樹上已經是難事一椿，居然還必須學香蕉叫……天哪！）

現代真可說是汽車的時代，人們經常會談論到汽車的話題。好一陣子前，美國汽車為了進軍日本市場時，X Car 與 J Car 曾經蔚為一時的話題。當時有這麼一則故事：

A man said to his friend with a knowing look, "By the way, do you like French S cars?" His friend answered, "Well, I don't know. I have neither seen them nor heard of them." The man who brought up this topic said, "They are very popular in France. There you see so many escargots."

（若把 escargots 解釋成 S car go 就能理解了。）

🛬 一位酒意微醺的人，在一場宴會閉幕致詞時說：

"Before I close my remarks, let me give you a piece of advice. If any of you have to drive back home tonight, please drive very, very, very carefully, because sometimes I walk in my sleep."

（過去，經常可聽到有關夢遊者的事情。）

🛬 英語裡，有一種常見的惡作劇說話方式，往往先讓對方高興一番，之後便是大大的失望。這是一種 Good news and bad news 的說話模式：

"I have both good news and bad news for you. The good news is that we found the passport which you lost the other day...... The bad news is that it has expired."（護照的有效期限過期了。）

🛬 狗很會搖尾巴，在中文裡搖尾巴帶有另一種含義。指社會上本末倒置的現象可稱做「尾巴搖狗」。有很多舊規則不適用於現實狀況，在這種情形下這種說法就可派上用場：

"Don't tell me the rule has to be complied with. The tail wags the dog."（遵守那種規則，就等於尾巴搖狗一樣。）

🛬 人員因素（human factor）近來雖已經成為安全維護

的重要話題，但是人的一生，健康還是最重要的。慢跑人口在近年來急遽大增。以下是一則關於旅行中的生意人的故事：

Two businessmen were traveling together through a jungle country. One of them was Japanese and the other was a local man. They were walking in a big plain. All of a sudden, in the open, they came across a huge, mean-looking tiger. The Japanese businessman calmly took a pair of jogging shoes out of his travel bag and put them on. Watching this, the local man sadly told the Japanese, "It's a good try but you can never run faster than the tiger." Hearing this, the Japanese businessman answered, "Never mind, I just want to run faster than you, my friend."

（就算跑不過老虎，只要比同行者跑得快就夠了。）

關於耶誕節的機智問答：

"How many letters are there in the alphabet on December 25?"

"...... Twenty five, because that day we call Noel."

（耶誕節也稱為 "Noel"，也就是說，26 個字母中少了 L 就變成 25 個字母了。）

在笑話的世界中，有一則是關於一位糊塗、健忘的大

學教授的故事，這個假設有些失禮，但是與旋轉門
（revolving door）之間發生了這麼一件事：

"Bless me! I can't remember whether I was going in
or coming out."

（此外，revolving door 也有退休後的政府官員轉任相
關的民間企業之意。）

🛩 受到日圓升值的影響：

"...... I know a Japanese call-girl in New York who
went bankrupt because nobody there had a yen for
her."

（yen 也有「憧憬」或「渴望」的意思。當日圓升值突
破一美元兌一百日圓時，連大企業也經營得非常辛
苦。）

🛩 My parents are in the iron and steel business. Mom
irons and Dad steals.

（所指的職業不是鋼鐵業，而是燙衣服與行竊。）

🛩 Capt: "Why didn't you stop the ball?"

Goalie: "I thought that's what the nets are for."

（這位守門員以為球門的網子是用來擋球用的。）

🛩 Father: "Don't you think our son gets all his brain
from me?"

Mother: "Probably, I still have all mine."

（把聰明才智都給了孩子，自己大概就腦袋空空了。）

The best way for a man to remember his wife's birthday is to forget it just once.

（要防止忘記的訣竅簡單得令人意想不到，而且保證有效。）

Golfer: "Notice any improvement since last year?"

Caddy: "Polished your club, didn't you?"

（被嘲笑也得忍耐。）

A: "You're the laziest man I ever saw.

　　Don't you do anything quickly?"

B: Yes, I get tired fast,"

（只有吃飯跑第一。）

Diner（用餐的客人）: "What would you recommend for tonight?"

Waiter: "Go any place else —— the cook is on strike."

（這個侍者還蠻有良心的。）

Priest: "Now, Frank, you shouldn't fight, you should learn to give and take."

Frank: "I did. I gave him a blackeye and I took his apple."

（有些孩子就是愛頂嘴。）

Gregory: "Would you punish a boy for something he didn't do?"

Teacher: "Of course not."

Gregory: "That's good. I haven't done my home-work."

（這又是另一個嘴上不服輸的孩子。）

A: "How do you keep flies out of the kitchen?"

B: "Put all the rubbish in the dining room."

（把食物的殘渣放在餐廳，這未免反應過度了。）

Tourist: "Why do cows in Switzerland have bells around their necks?"

Local man: "Because their horns don't work."

（原來可愛的牛鈴竟然藏有這樣的祕密。horn 有角、警笛的意思。）

Inflation may prove Columbus wrong（哥倫布相信地球是圓的）...... The world will be flat.

（通貨膨脹的確會拖垮世界經濟。通貨膨脹之後世界一片平坦的說法其實一點也不誇張。）

I have a friend who just started on the "A" diet（A 節食法）. He can only eat food that begins with the letter "A"...... A chicken, A hamburger, A steak, A cake......

（節食和戒菸一樣，都是世界上最難的事情。）

 A girl standing in the middle of a busy road: "Officer, can you tell me how to get to the hospital?"

The policeman: "Just stay right where you are."

（這位女孩可能來自鄉下，不懂號誌規則吧。）

 Andy: "Darling, when we are married, do you think you will be able to live on my income?"

Sandy: "I think so, darling, but what will you live on?"

（男女之間一談到金錢，氣氛就變得很微妙。）

 Wendy: "I see you are invited to Sander's party?"

June: "Yes, but I can't go, The invitation says 4 to 7 and I am 8."

（這個小姑娘似乎把時間和年齡給搞混了。）

 A Polack ordered a pizza. When it came out of the oven, the counterman asked if he'd like it cut into six or eight pieces. "Make it six," the Polack said. "I'll never be able to eat eight."

（吃得下六片比薩，但是吃不下八片。）

 The police held a line-up of five suspects to help a rape victim identify her attacker. As she was

looking them over, a Polack in the line-up pointed to the woman and said, "That's her!"

（所謂的意外發展就是這樣。）

A Jew, an Italian and a Polack were put in jail for twenty years in solitary confinement（單獨囚室）. The warden agreed to give them one thing to keep with them. The Jew asked for a telephone, the Italian asked to keep his wife, and the Polack asked for twenty year's supply of cigarettes. Twenty years later, the three prisoners were released. The Jew came out as a millionaire as he used the telephone to create a business empire. The Italian walked out with his wife and ten happy children. The Polack came out and asked, "Anybody got a match?"

（二十年來有菸抽不得真是太辛苦了。）

A Polack goes out to eat at an expensive French restaurant. "Would you like red or white wine, sir?" asked the waiter. The Polack replied, "It doesn't make no difference. I'm color blind."

（對色盲的人而言，白酒與紅酒真的看起來都一樣嗎？）

There is an old Japanese joke about a very greedy

man who went to the shrine of his guardian spirit to pray for three wishes to be granted. First, he wanted to become a millionaire, second, he wanted to live a long life, say, 100 years and, third, he wanted to have a beautiful mistress（or two!）. After he had offered prayers for one hundred consecutive nights, the guardian spirit appeared in his white garb and solemnly declared, "Young man, I certainly understand your wishes. But if I could grant you those wishes, I wouldn't be sitting here playing this stupid guardian spirit role."（如果我有辦法實現你那麼棒的願望，我就不會留在這裡當神了。）

A: "Thank you very much for staying to hear my speech."

B: "What can I do? I'm the next speaker."
（這種事不是沒發生過。）

The best after-dinner speech I ever heard was, "Waiter, I'll take the check."
（「我付帳」——這是我聽過最棒的餐後演說。）

此外，我們也會經常碰到一些看似懂了，實則不甚明瞭的狀況，例如：

在國外一流的飯店裡，貼有如下的注意事項："The

pool is heated from Memorial Day to Labor Day."對不知道這些紀念日是什麼時候的人而言，看了也是一頭霧水。Memorial Day（美國陣亡將士紀念日）是五月三十日，Labor Day（勞動節）是九月的第一個星期一。

上述例子是屬於正式通告的性質，偶而，在說話時也會遇到似懂非懂的例子。例如被邀請參加某項活動時，不想參加或事先已經有約無法參加時所說的：

"I wish I were a bird so that I could be in two places at the same time."

h) 航空趣譚

在一般笑話告一段落後，也來介紹一些航空方面的笑話。

安全是航空公司最注重的問題。在各種事故當中，空中火災是最糟糕的情況之一，下列這則笑話就因此備受矚目：

We never allow our stewardesses to cook crêpes Suzettes at passengers' tables because there is no guarantee of serving them to 500 passengers without a brandy-soaked passenger bursting into

flames.

（crêpes Suzettes 是一種在客人面前烹調的甜點，在烹調過程中需倒入白蘭地點火，所引燃的火焰會高達二公尺高。）

這是一則我與航空引擎大廠奇異公司的高層主管在宴會上說過的笑話：

President Reagan is, as you know, very eager to strengthen America's military power. So as a step towards this, he decided（gentlemen, don't quote me）to invite a few hawkish（鷹派的）generals from foreign countries to work for him. On the top of the list was the famous General Dayan of Israel. So President Reagan called Israeli Prime Minister, Mr. Begin on the presidential hot line to see if he could have General Dayan to work for him. Mr. Begin, after a short diplomatic silence answered, "Mr. President, he is too precious to lose, but considering our fine partnership in the free world, I shall trade him for one of your generals, that is, General Electric."（以曾因勇猛名噪一時的以色列達揚將軍交換美國的「奇異將軍」。）

近來機器自動化的腳步發展迅速，連一些門外漢都不由自主地被捲入這類話題中：

Talking of the trend toward automation, the electronics industry in this country seems to have made great progress during the last decade. One of the smarter electronics engineers invented a clever weighing machine which tells you your weight in a synthetic voice. He put it along the promenade of a seaside town for a service trial. A stout lady noticed this, put a penny in the slot and stood on the platform. After a while, the machine spoke up, "One at a time, please!"（一次只能一個人使用，請一位一位來。）

隨著經營的日漸困阨，對飛機機艙內提供的餐點也產生微妙的影響。因此空服員與乘客間就出現了這麼一段對話……：

A friend of mine, the other day, told me what happened when he flew a European airline famous for their highly trained stewardesses. At meal time, he found the taste of the pork served on his meal tray was terrible and cried to her: "Is this what you call pork?"

She smiled elegantly and asked him, "Which end of

the fork are you talking about, sir?"

世界上沒有完美的人，相同的，世界上也沒有絕對完美的飛機。在一次震驚全球的大空難後，製造商通令該型飛機全面進行特別檢修的作業。一家使用該機型飛機的航空公司，其檢修人員雖然默默地完成了這項工作，但是那一年的聖誕派對致詞上，卻出現了一段有關該次檢查的談話：

"In the course of this inspection, I hear, one of the operators found a mummified frog in one of the airfoils. They don't know if the frog was built in at manufacture, or entered the aircraft after its delivery to them. But, they say the authorities insist it is an unquestionable evidence of a severe case of low flying."

（機翼中發現一隻乾癟成木乃伊的青蛙，在探究這隻青蛙是在製造過程中跑進去還是在運輸航程中跑進去時，居然出現了第三種說法。）

近來的經濟不景氣漫長持續下，造成旅客的航空需求也陷於低迷。石油危機後也曾出現同樣的情形。而且航空公司間的競爭腳步也逐漸趨緩。但是在笑話的世界裡仍然有些不知天高地厚的航空公司存在。

"...... we simply can not afford to be idle. In other

parts of the world, however, some airlines seem to be doing comfortably. One of those airlines posted a notice at an airport ticket counter, which says, due to an industrial dispute, the baggage will not be loaded until the aircraft has taken off."

（看起來勞資雙方關係真的很緊張。）

若真的起飛之後行李才會裝載上機，真令人頭大。

✈ 在航空運輸業不易經營的今天，遇上宴會中需出場致詞時，有時也會發點牢騷：

"You know that God put us on Earth to suffer...... And then, He created the aviation business...... to be sure that we did. My speech must be one of the repertoire of trials he provided."

✈ 每家航空公司的營收狀況都不甚良好，也不知道什麼時候才能重見天日。因此在閒聊中，航空公司是個不賺錢的生意就經常被拿來當作話題：

We firmly believe in an old adage（諺語）, "If you want to make a fortune in aviation, you must first start with a large fortune."

✈ 有一次，當大家談及客機東方號速度將達到 25 馬赫時，一位總統先生對大家說了以下的笑話。隨著科技的日新月異，太空之旅對我們而言再也不是遙不可及

的夢想。

This is a story about an astronaut who was about to leave the earth on a mission to the sun. On the eve of his departure, he was interviewed by the mass media. One of the reporters asked him, "How will you be able to stand the heat when you land on the sun?"

The astronaut answered calmly, "I have already made special arrangements for that. In short, I will land on the sun at night."

（太空人過於沈著的回答態度，讓大家在那一瞬間幾乎相信了太陽上也有夜晚。）

現在太空梭發射時的倒數計時已經成為很平常的事情。若有外國人在國內工作多時即將歸國，距離他離開還剩多久的時間也會成為周遭眾人關心的焦點。當這樣的事情和太空梭發射前的倒數計時被混為一談時：

"... as a matter of fact, we are counting down the number of days Mr. X has before he leaves Japan, like the count-down to the launching of space shuttles...8, 7, 6, 5... If you do it the wrong way, you will be in trouble. It will end up in something like this...7, 8, 9, 10,... uh, jack, queen, king. The shuttles will never take off."

（發射前的讀秒在不知不覺間變成撲克牌的名稱時就會演變成這樣的情況。）

有一位叫做肯恩・修斯的人在飛機引擎製造廠勞斯萊斯（汽車製造的名聲可能比飛機引擎製造更響亮吧！）擔任售後服務的工作。當 Tristar 機型的引擎發生問題時，這位肯恩・修斯先生飛到了羽田機場協助解決。之後很久未曾再見到這位修斯先生，也就是飛機沒有什麼大毛病發生時，就有人以他說了一句話：

"No Hughes is good news."

（改編自 No news is good news。）

在非英語系國家的航空公司也有許多令人愉快的故事，以下就是一例。在這個例子中因為法語是很重要的笑點，因此我要先加以說明。法語中的名詞有陽性與陰性之分，而蒼蠅在法語中為陰性名詞。空服員只是想解釋一隻蒼蠅該用 une mouche（陰性）而非 un mouche（陽性），卻讓對話者誤以為空服員連蒼蠅（mouche）都能看出是公是母，不禁對她的視力撫掌驚嘆。

An American businessman was flying a French airline. During the meal time, he found a fly in his

soup. So, he called one of the stewardesses and said in French, "Fly a un mouche dans ma soupe." （湯中有蒼蠅）Then, she answered politely, "Mais non, monsieur. C'est une mouche." （不，先生。這是一隻蒼蠅。） Hearing this, the businessman exclaimed, "Vous avez une bonne vue, n'est-ce pas, mademoiselle?" （還是你的眼力好！）

在 FAA 的 *Aviation Safety Journal* 雜誌中，曾經回顧六十年前空服員應有之服務精神。

＊Maintain the respectful reserve of a well-trained servant when on duty. （禮貌端正優雅）

＊Treat captains and pilots with strict formality（有禮貌）while in uniform. A rigid military salute will be rendered as they go aboard and de-plane. Check their personal luggage and place it on board promptly.

＊Wind the clocks and altimeters mounted in the cabin.

＊Swat flies before take-off. （以蒼蠅拍打蒼蠅）

＊Warn passengers against throwing cigarettes and cigar butts out of the window...particularly over populated areas.

* Offer to remove passengers' shoes and put on slippers. Clean shoes thoroughly before returning them.

* Keep an eye on passengers when they go to the lavatory. Be sure they do not go through the exit.

以下是從我的朋友 Mike Ramsden（前 *Flight International* 雜誌的記者）所蒐集的資料中舉出的例子：

* The trouble with this airline's safety is that we have ten-year problems, five-year plans, three-year people, and now one-year dollars.

（確保航運安全所需的企業體質根本不堪細究。）

* Belgrade tower to Aeroflot: "Can't you not speak English?"（你難道不能不講英語嗎？）

（千萬別以為這件事只會發生在別人身上。）

* An anxious airline banker: "Are you making a profit?"

An airline official: "Well, our income or should I say operating income, by which of course I mean our revenue, is yielding earnings...... or should I say net income...... which of course, is the same thing as profit provided you remember that net income before tax is quite different from

operating income before taxes, which means......
FOR HEAVENS' SAKE lend us $100 million
quickly or we're bust!" （對於零散沒有主題的話不
懂它的意思也無所謂，最重要的是，再不趕快借錢
給我們，我們就要破產了。）

＊Sorry, I'm late, Captain. I overslept due to human
factors. （把任何事都推到人員因素實在令人困擾）

＊If you listen to the airworthiness authority, you
should use an iron bar to hang your ties on.
（凡事都要讓當局滿意的話，乾脆把領帶也纏在鐵
棒上好了。）

＊I have survived six accidents so I must be doing
something right. （在六次災難中都絕地逢生，我
一定是做對了什麼。）

＊The new engine is coming along fine...... fine.
The only problem at the moment is that the
weight is what the thrust should be and the thrust
is what the weight should be.
（開發進行得很順利，但是只有一個問題就是引擎
的重量比計畫中來得重，推力比計畫中來得小。這
是任何引擎開發都曾經歷的現象。）

＊Noise? Our aircraft don't make noise. What they

make is an acoustic signature.

（這種聲音特性是否屬於噪音是個問題。）

其他

＊The airplane was so old, it even had an outside lavatory.（這豈不是和過去的農家廁所都設在屋外的道理一樣。）

＊French airline（摘自 *Flight International* Dec. 2–8, 1992）

Passenger: "I think the bilingual passenger enter-tainment system is a great idea but..."

Flight Attendant: "Oui?"（有什麼問題嗎？）

Passenger: "Well, I'm getting French in my left earpiece and English in the right......"

（右耳與左耳同時播放兩種不同語言的娛樂節目，令人傷腦筋。）

＊"...... Excuse me, can you tell me what exactly is the difference between your Medaljet 3, Medaljet 4 and Medaljet 5?"

"...... If you take the ashtrays out of a 3, you get a 4. If you put them back in again, you get a 5, OK?"（事實上，有時候飛機型式名稱的改變只是因為內部略微的更動而已。）

* Why is it that insurance people always talk about death benefits?（過度強調死亡時豐厚的補償條件，人命似乎就顯得不被重視。）

* Passenger: "Miss, this coffee tastes like mud."

Stewardess: "Well, sir, it was ground only five minutes ago."

（ground 除了有「磨成粉」的意思外，也有「泥土」的意思。）

* 另外還有一個用餐時的故事：

Passenger: "Miss, there's a fly in my soup."

Stewardess: "Yes, if you throw in a pea, it will play polo."

（有一兩隻蒼蠅有什麼好講的。）

* Worried lady passenger: "Captain, do airplanes this size crash very often?"

Captain: "No, Madam, never more than once."

（通常飛機只要摔一次就完蛋了。）

* I say it's almost bigamy. He's married to aviation already.

（熱中於航空的人，一旦結婚就好像犯了重婚罪一般，這種說法應該有不少機員太太們認同。）

* 這也是 good news, bad news 模式的一例。機長廣

播：

Bad news: We have a hijacker aboard the plane.

Good news: He wants to go to the French Riviera.

＊Last week, two Irishmen hijacked a submarine, and demanded a million pounds...... and two parachutes.

（過去也曾發生過劫持 B727 的劫機犯要求降落傘的事情，不過他們大概忘了這次是在水裡。）

＊英國 CAA（航空局）的笑話：

The first defect is ignored as an "isolated incident", and the second as a "known defect".

（首次發現的問題會被視為是「偶發事件」而束之高閣，第二次發現時則是「已知的缺陷」而遭到忽視。）

＊Captain: "Hey, you keep a mouse in the cockpit?"

Mechanic: "Well, next time I'll put a cat in it."

i) 令人為之拍案叫絕的話語

這類話語是一種在派對進行當中讓說話對方或是周遭的人為之拍案的表現方式，可能也算是一種笑話吧。這一類的表現方式經常與死亡、性、厭惡等字眼有關，視情況

使用效果頗佳。

🛩 Who died?（當會場一片安靜，宴會熱鬧不起來時使用。）

🛩 Please tell the waiter!（當席間其他人一邊看著菜單一邊嘴裡喃喃自語卻不點菜時使用。）

🛩 Who ordered tax?（當看到帳單發現附加稅高得驚人時使用。）

🛩 My eyes!（當會場變暗，十秒鐘後使用時保證會讓周遭的人噗嗤地笑出聲來。）

🛩 The king is dead!（高喊這句話乾杯會令人感覺很豪邁。但是在有 king 的國家請不要使用。）

🛩 Who left the door open?（有討厭的傢伙走進來時使用。）

🛩 Well, it's clear in Paris today.（當電話久久無人接聽，或是窘困地達成預期目標時自我解嘲用。）

🛩 The captain says, no more gruel（粥）until we see land.（這是航海時代所用的一種表現方式。意指宴會上不會再有什麼值得期待的事物出現了。）

🛩 I am too busy. I have to rush home and rotate my tires.（拒絕別人請求時的表現方式。輪換輪胎本來就是閒來無事時才做的事情。）

🛩 A: "Did you hear about the new German microwave

oven?"

B: "It seats six."

（說到微波爐就想到從前的毒氣室。）

A: "Did you hear Ronald Reagan opened up a Kentucky Fried Chicken store?"

B: "They only serve right wings." （只賣右邊的雞翅膀而已。）

A: "I heard George dropped dead on the golf course. It must have been awful."

B: "You bet it was awful. He croaked（死）on the third hole so we'd have to hit balls and then drag George, hit balls and drag George, hit balls and drag George......"

（這種堅持實在令人不知該不該佩服。）

Did you see the alligator in Florida?...... He's wearing a little golfer emblem on his shirt.

（鱷魚的復仇。因為人穿著有鱷魚標誌的 POLO 衫。）

A cat and a mouse entered a restaurant and sat down at a table. The waiter asked the mouse for his order. The mouse answered, "I'll have a salad and steak." Then the waiter asked the cat what he wanted. The cat answered, "That's okay. I'm all set."

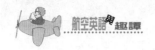

（貓在進入餐廳前就已經決定好要吃什麼了。）

A: "Call me a cab!"

B: "OK, you're a cab."

（把「幫我叫車」誤解成「叫我車」了。）

Controller to pilot: "Say altitude."

Pilot: "Altitude."

（和上例一樣誤解了。）

A: "What was the Pope's first miracle?"

B: "He made a deaf man blind."

（只有治癒聾子才稱得上是聖人嗎？）

A: "What's the worst question ever asked?"

B: "Besides that, Mrs. Lincoln, how was the play?"

（林肯總統是在與夫人觀賞戲劇演出時遭到暗殺。問這種問題比用劍傷人更深。）

A sailor walked into a psychiatrist's office（精神科診所）with a parrot on his head. The psychiatrist asked, "Where'd you get that?" "Detroit," answered the parrot.

（認為提著皮包的人風采較佳是常有的事。）

A: "Why did Hitler commit suicide?"

B: "He saw his gas bill."

（這也是關於毒氣室的笑話，瓦斯用太多了。）

The head of a Nazi concentration camp ordered all the Jewish prisoners outside to hear an important speech.

"I have some good news and bad news. The good news is, all of you will be going to Paris tomorrow!" said the Nazi. The prisoners jumped for joy and began to sing and dance. "The bad news is," continued the Nazi, "you'll be going as soap."

（這也是 good news, bad news 的例子。）

A Polack phoned his doctor, "Doc! It's an emergency! Our baby just swallowed a rubber."

"I'll be right over!" said the doctor. Just as he was about to leave the office, the phone rang. It was from the Polack again. He said, "Never mind. We found another one."

（保險套近來在預防愛滋病上十分活躍。）

I gotta try to stop smoking. I made a deal with my wife. We only smoke after sex. I have been getting the same pack since last year. What bothers me is that my wife consumes 3 packs a day.

（早知如此，約定飯後一根菸的話，一天也才三根而已。）

I told my kid, "Someday you'll have children of your own." He said, "So will you."

（小孩的觀察力很敏銳，要小心！）

An old whore walks into a bar with a parrot on her arm. "I'll sleep with anybody who can guess the weight of this parrot," she announced.

"Two tons," said one of the annoyed customers.

She announced, "That's close enough."

（夕陽西下的街道上出現了天使的聲音。）

A Japanese business man living in California became concerned whether or not there's a golf course in heaven. He asked the advice of a priest who promised to contact God about it. The next week, the priest told the Japanese that he had spoken with God and had some good news and some bad news. "The good news is," said the priest, "that there's a beautiful championship course with a luxurious club house in heaven."

"That's fantastic!" said the Japanese businessman. "What could the bad news possibly be?"

The priest said, "You tee off tomorrow morning at 8."

（太早蒙主召喚了。）

An executive of a big company had a difficult time deciding which of three equally qualified females to promote to a managerial job. He told his friend about the method he devised. "Okay, I put $500 cash in each of their desks. The first one returned it right away. The second one invested the money and returned $1500 the next day. The third one kept it."

"So which one did you promote?" asked his friend.

The exec told him, "The one with the big tits."

（以胸部大小決定。）

Ladies and gentlemen, IT gives me a great pleasure.

（太好了，世界上最短的演講。）

2 不易以一般方法
了解的英語

a) 難以對譯的英語

　　近來，在報章雜誌的廣告中，處處充斥著「外來語」的蹤跡。不論是「飛遜（fashion）」的品牌，抑或現場「叩應（call-in）」的風行，這些「外來語」普及的情況，幾乎到了氾濫的程度。甚而有些時候，廣告中使用「外來語」只為積極地表達其產品的新奇性與領先流行。像這種情形，儘管有許多讀者未必能確切地理解其意義，但使用者依然趨之若鶩。

　　中文因其字體本身即帶有字義，往往無法隨意拼湊。雖然最好能將英語單字儘可能地譯成中文之後再使用，但是其中卻有許多字眼難以直譯，尤其隨著科技的日新月異，中西交流日繁，大量湧入的西洋文化與新的術語，許多是既有的傳統架構中所沒有的概念。

　　以下要列舉一些與航空很有關係、但難以對譯的英語。

air-miss	通常譯為「空中異常接近」。美國常用 near mid-air collision（NMAC）表示。
air turnback	飛機起飛後的折返。
apron	機場內供旅客、貨物起降、卸貨或者是停機進行機件檢查、維修作業的區域。

bypass engine	將要供燃燒的空氣與不燃燒的空氣一起吸入，在排出時將兩者混合的引擎。對增大推力、降低燃料、減低噪音很有幫助。
checklist	將操作程序簡潔列出的核對表、檢查表。
clearance	塔臺管制人員授權可起飛、降落的許可。
complacency	反應遲鈍，對工作上潛在的危險毫無警覺的情形。飛航人員的思慮不夠敏捷，將使飛航安全陷入極為危險的狀態。
controlled flight into terrain	在機件等都正常的飛行狀態下劇烈衝撞山脈等的地形障礙。簡稱CFIT。
critical engine	多引擎飛機在發生引擎故障時，一旦關閉會對飛機性能造成最惡劣影響的引擎。有時譯為「臨界發動機」。
derate	將引擎等的性能標準設定在一般標準以下。如譯為「降級」會讓人有負面的錯覺。
engineer	工程師、技師、技術士。類似的還有：engineering 工程學、technology 科學

	技術、technician 專門技術人員、mechanic 技術人員。這些字很難清楚區分其中的差異。
en route	「中途」的意思，航空上是指「巡航中」的意思。
fail-safe	系統中雖有部分故障，但在整體上仍然能維持安全的狀況。
flag carrier	作為雙向協定中的部分協定，指定飛航國際航線的航空公司。通常為國有航空公司。
foolproof	即使是由傻瓜來操作，也不會發生問題的設計或裝置。這種語感很難直譯。
glass-cockpit	將過去大量的儀表指示改以陰極射線管顯像的駕駛艙。通常為高性能的飛機所採用。
go-around	飛機在判斷無法安全著陸時，重飛的一般用語。
human factors	通常譯為「人員因素」、「人為因素」。
incident	不至於釀成災害的小小事故或危險狀況。
intercept	以警戒機攔截因迷航誤入禁止飛航區域的飛機，通常譯為「攔截」。

missed approach	以儀器引導進場時,當高度下降到決定高度(DA),準備著陸的狀況下,但判定無法降落,或者是接獲管制塔臺指示重飛時,中止降落並依照一定程序上昇的狀況。
module	可脫離母船,具備部分獨立功能的太空艙。
on condition	飛機裝備進行定期的檢查,視其狀況進行整修。
overhaul	翻修,大規模地解體保養。
parameter	性能參數。
product support	產品支援,即所謂的售後服務。
ramp	機場內的停機區域。與 apron 幾乎同義。
redundancy	不必要的重複。也指多餘、累贅、冗長等。
re-engine	將飛機引擎換裝其他機型的引擎。
service bulletin	維修技術通報。告知產品技術支援上重要技術新知的資料。
servicing	機艙的清理、飛航需求的補充。
spot	飛機的停機場所。
state of the art	設計當時的技術水準。

航空英語與趣譚

taxi	飛機以本身的動力在機場內滑行。
terminal	供乘客上下機、貨物裝卸用的機場設施。
uncontain	機件損壞碎片飛出外面（引擎等）。
undershoot	降落時在未抵達跑道前即著陸的情形。相反地，若在跑道內無法停機衝出跑道外則稱為 overshoot。

b) 英、美語的差異

拼音上的差異是較為輕微的小問題，通常這樣的差異並不會影響到發音。以下列舉幾個例子。

〔英〕	〔美〕	〔例〕
en-	in-	*en*quire/*in*quire
-re	-er	cent*re*/cent*er*
-our	-or	col*our*/col*or*
-ll-	-l-	trave*ll*er/trave*l*er
-gramme	-gram	pro*gramme*/pro*gram*
-ogue	-og	cata*logue*/cata*log*
-ey	-y	stor*ey*/stor*y*

此外，whiskey（美、加、愛爾蘭），whisky（英），也與此類似。

另外還有 1st story/storey，1st floor 在美式說法中為

一樓，英式說法中則為二樓之意。

　　問題是有些字，英美所用的字眼完全不同。例如我們說的「炸薯條」，在英國、加拿大稱作 chips，在美國則稱為 french fries。以下還有一些類似的例子：

〔英〕	〔美〕	〔中〕
aeroplane	airplane	飛機
aluminium	aluminum	鋁
bay	gate	登機門
billion	trillion	一兆
cock	valve	閥、瓣
lift	elevator	電梯
luggage	baggage	行李
milliard	billion	十億
overshoot	go-around	重飛
petrol	gasoline/gas	汽油
port	left hand	左側
post code	zip code	郵遞區號
return ticket	round trip ticket	來回票
spanner	wrench	扳鉗
starboard	right hand	右側
subway	underpath	地下道
torch	flashlight	手電筒

traffic circuit	traffic pattern	起降航線
tyre	tire	輪胎
undercarriage	landing gear	起落架
underground	subway	地下鐵

　　波音公司的 *News Letter*（Mar. 18, 1994）中針對該公司的設計、製程，有如下的敘述："Accuracy was so high on the 777, that when the wings of the first airplane were attached to the fuselage, the <u>port</u> wingtip was out of proportion only by a thousandth of an inch and the <u>starboard</u> wing positioned as accurately as the gauges could measure." 我看到這些字在現在的美國還經常使用十分驚訝。（畫線部分為筆者所畫）

　　計量單位在英美之間也不盡相同。英制與公制混用，數字上也有以下的差異：

〔英〕	〔美〕	〔中〕
billion	trillion	一兆
milliard	billion	十億

　　燃料、潤滑油等的容積有 ℓ（公升-公制），USG（美加侖，約 3.785ℓ），Imp G（英加侖，約 4.546ℓ），當然八分之一 gallon 的 pint（品脫），也有英美之分，在英國是 0.568ℓ，美國則是 0.473ℓ，非常複雜。重量單位的 ton 也分 short ton（英）與 long ton（美），公制的 short ton 為

907.18kg，long ton 則為 1,016.05kg。

表示數字小數點的「.」與表示千的「,」我們一直未加以深思地直接沿用，事實上其中也有複雜的內幕。

英語裡 12,345.67 代表一萬二千三百四十五點六七。如果與德語、法語的表現對比來看，會出現以下的差異。

中文	一萬二千三百四十五點六七
英語	12,345.67
法語	12.345,67（並非十二點三四五六七）
德語	12 345,67

如果以為英美語式的數字表現法是世界共通的話可就大錯特錯了。例如英美計算高度的單位使用 ft，但在中國大陸或俄羅斯則是以 meter 為單位。

c) 不易辨識的字

打字或印刷的文字通常不會讀錯，但是如以手寫或以傳真傳送的話，往往在辨識上容易出現以下的文字錯誤：

i 與 l(el) 與 1(one)	（歐美人手寫的 1 寫作 **1**，與數字 7 很難辨別。因此有時候數字 7 也會寫成 **7**）。
o(ou) 與 0(zero)	（為了防止混淆，有時 0(zero) 也會加斜線寫成 ∅。）

e 與 ℓ(el)

另外，在某些裝飾文字中，以下的字母也很難區分清楚。

𝔘(u) 與 𝔙(v)　𝔅(b) 與 𝔎(k)　𝔈(e) 與 𝔏(l)

最近有越來越多的公司在商標裡採用難以辨別的藝術字體。這些字又容易被讀錯，又不容易看懂，實在搞不懂為什麼要使用這樣的字體作為商標，這麼做難道對生意上有所助益嗎？

d) 容易拼錯的字

最近在外國的航空雜誌上，把日本某個機場的公告看板中錯誤標示的 "Fright Information...Tel xxxxxxxx" 當作笑話刊登了。當然正確的字應該是 Flight，但是這個事件也顯示，對日本人而言，要辨別 l 與 r 實在是件不太容易的事。

在英語系國家中，雖然類似的錯誤也不在少數，但是，想當然爾，他們的原因都是因為排字的錯誤。最近在英國航空雜誌 *Flight International* 上的一則廣告中，就出現拼字錯誤的例子：

The Joys of Flying since 1976

Best All 'Round' Flying School

Fiendly Atomosphere

London December 1992

friendly 漏掉了 r，由於 fiendly 的意思是「宛如惡魔般的」，所以這則廣告也變成令人撫掌大笑的黑色幽默。

推動全球航空安全最具權威的機構 FSF（Flight Safety Foundation，飛行安全基金會），數年前在美國波士頓舉行了例行的國際航空安全座談會。在會場的正上方掛著：

Fight Safety Foundation

The xxth International Air Safety Seminar

的橫型布條，Flight 被誤寫為 Fight 的錯誤直到會議第二天中午仍然未被察覺。

另外在機場內常見的 tug（拖車），ramp（停機、作業區域），hangar（棚廠）也常被誤寫成 tag，rump，hanger。機場最討厭發生的狀況之一——lightning（閃電）也容易被誤拼為 lightening。

此外，也曾經發生過有人將機件維修手冊中所規定的引擎試轉時間 one half hour，誤解為一個半小時而讓引擎多運轉了一個小時的情形。

其他經常可見的錯誤茲列舉如下：

bubble	泡沫，如果是 babble 就是「喋喋不休，胡言亂語」的意思。

bulb	真空管。如為 valve 則是氣閥。
clean	指飛機沒有伸出襟翼（flap）或降下起落架（landing gear）時的狀態。
crush	壓碎。crash 則是墜落。
dump	洩出燃料。damp 則是「溼漉漉」。
Inflammable	看起來像是「不燃的」，事實上「易燃的」才是正確答案。
mind（動詞）	回答 OK 時實則表示「不介意」，如回答 No 則表示「介意」。
potable	飲料的。portable 為「可攜帶的」。
runway	跑道。runaway 為逃亡者。
scape goat	代罪羔羊。有的人會誤以為是 escape goat。
soup or salad	點餐時空服員詢問客人的用詞。有人會因為聽起來像極了 super salad 而大膽點用「超級沙拉」。或許是因為有很多字都會加上 super，例如 super jumbo 或 super seat 或 super 301 等，因此有些乘客就先入為主地以為空服員說的是 super salad。

　　英語發音也是英語會話上的一大困擾。即便一樣是英語系國家，也會因為國別或地區而在發音上有所差異。在

澳洲，將 paper [`pepɚ]（紙）唸成 [`paɪpɚ]，將 [e] 的音發成 [aɪ]，即為有名的例子。

　　有時候人們會因英語拼音產生一些先入為主的觀念而造成拼字錯誤，這個問題可能因人而異，但是筆者本身就曾有過將 placard 誤寫成 plackard，panelist 誤寫成 paneler 的經驗，這也是其中的一例。

　　還有一些簡單的慣用語看似簡單但不小心也很容易混淆，以下就介紹幾則例子。

a piece of cake	輕鬆的工作、簡單的事
a shot in the arm	刺激／帶動景氣的事物
a wet blanket	掃興的人、潑冷水的人
a whole new ball game	從頭開始
accident prone	易發生事故的（prone [pron] 與明蝦 prawn [prɔn] 的發音有些微差異）
backfire	發生逆火
bean counter	會計人員
beef up	強化、改善
break the ice	突破困境
dying to do it	很想做…
give or take a little	最多只有些許…的誤差
have one too many	差一點喝過頭

high time	該做…的時刻
it rings a bell	想到、想起
on a roll	跟上
quite a few	相當多的
pad an expense account	將費用灌水
show the flag	稍微露臉
what's eating you?	你在擔憂什麼？
wrap things up	歸納整理

如下的情形也很容易引起誤解：

一家廠商的廣告中刊登著 "At XXX, quality is second nature." 這樣的一段文字，如果譯成「品質是本公司的第二特長」，就更讓人費解了。這句話想表達的意思應該是「品質是我們的天性」吧。

有很多汽車或船舶會在側面寫上公司的名稱。如果是（面對前面）在左側寫上英文、電話號碼的話當然沒有問題，但是右側就有些麻煩。結果只能從後方向前書寫，變成與汽車、船舶的前進方向相反。因此，也有些業者乾脆將字母由前往後書寫，形成逆向拼寫的狀況。

筆者在 1950 年初次赴美時就曾有這麼一次經驗，我在紐約從車站前往飯店時，看到搭乘的計程車前方玻璃窗上寫著 "IXAT"，我苦思不得其解，過了一兩天後才頓然領悟那是 "TAXI" 的逆向拼寫。

還有一次在某個城市，從車子裡的後照鏡中看到後面救護車引擎蓋上寫著斗大的 "AMBULANCE"。我很佩服他們為了讓前面的車輛注意到救護車，以方便救護車的超車，而刻意在引擎蓋上以逆向拼寫的方式讓前車的後照鏡能清楚看到順向拼寫的 AMBULANCE。

在日本，透明玻璃門上寫著的「非常口」（緊急出口），不管是從正面或從裡面，都能正確讀懂它的字義。中文的「太平門」，除了「太」的點會有些差異外，也有異曲同工之妙。這樣的通融性主要是因為有很多漢字都具有左右對稱的特色。

e) 文字與數字的表現

在飛機駕駛員與塔臺人員之間，通訊時經常使用許多數字或單獨的字母，如果稍有出錯可能造成極嚴重的問題，因此在提及字母或數字時，航空業界訂定有國際標準的讀法。內容如下：

A	Alpha	J	Juliet	S	Sierra
B	Bravo	K	Kilo	T	Tango
C	Charlie	L	Lima	U	Uniform
D	Delta	M	Mike	V	Victor
E	Echo	N	November	W	Whiskey

F	Foxtrot	O	Oscar	X	X-ray
G	Golf	P	Papa	Y	Yankee
H	Hotel	Q	Quebec	Z	Zulu
I	India	R	Romeo		

0	zero	7	seven（sev-en）
1	one（wun）	8	eit（ait）
2	two（too）	9	niner（nin-er）
3	tree	.	decimal（day-see-mal）
4	four（fower）	100	hundred（hun-dred）
5	fife	1000	tousand（tou-sand）
6	six		

註：發音時如括弧中的拼音法發音。

f) 新造字

　　航空界技術的發展日新月異，因此有許多新創的文字，以下列舉幾個例子：

anti-ice	防冰、防止凍結
decompression	客艙急速減壓
defuel	燃料排空
de-ice	解凍
deregulation	放寬規定

ducted fan	裝設了導管風扇的渦輪引擎
fail-safe	透過結構及系統上的多重防護設計,以防止部分損壞時不會影響飛航安全。
gethomeitis	急於完成工作儘快回家的心情(get-home-itis)
overrun	緩衝帶
propfan	渦輪引擎的風扇大如螺旋槳者
re-engine	將飛機上原有的引擎換裝其他機型的引擎
unducted fan	風扇周圍沒有裝導管的渦輪引擎

3 海外旅遊

　　日本人的海外旅遊每年人數高達一千三百萬人。最近由於日圓升值走向穩定，更讓日本人感覺國外的物價相對地便宜，若要享受日圓升值好處最直接的方法當然就是到國外旅遊。

a) 嚇出一身冷汗的經驗

　　平常大家在國內偶爾也會有不小心出錯的狀況，當你身在國外，更是免不了各種錯誤失敗的經驗。說到這類經驗，即使不四處採訪收集他人的出錯經驗，筆者本身就有一籮筐可談。這些出錯經驗雖然不至於攸關生死，但是發生當時卻也令人為之驚嚇不已。

護照遺失驚魂記——有一次我要回國時，在國外某處機場的入出境管理櫃臺正準備通關之際才赫然發現護照不在身上，當時徬徨失措遍尋不得的情況下，只好向機場服務人員求援，詢問解決的方法。櫃臺小姐告訴我，遺失護照的旅客大多都是放在前一晚住宿的飯店裡。聞言之後我立刻打電話回飯店，果然護照被我遺忘在房間裡，已經由飯店代為保管了。於是我趕緊搭計程車急馳回飯店，在一場機場與飯店之間的疲於奔命後，終於趕上了原定的班機。從那次經驗以後，我在隨身的記事本上製作了檢查清單。每當我準備離

開飯店時，一定會在隨身記事本的檢查清單上填寫護
照確認的項目。當然也有連檢查清單都忘了看的時
候。

護照遺失時驚惶失措的模樣

🛬 未確認會議場所——有一次我前往德國參加氫氣飛機
國際大會，投宿於杜塞爾多夫的都柏林飯店，用畢早
餐後，我向大廳櫃臺打聽大會在哪個會議室舉行，得
到的答案卻是該飯店並沒有這樣的會議。聞言我即刻
回房去找會議的相關資料，但是卻遍尋不著，急得我
眼前一陣昏眩。幸好，我手邊有這次會議的主要人物
——一位當地航空太空技術研究所教授——的電話號
碼，於是我馬上撥了通電話給他，才知道會議是在該
研究所所內舉行，而能順利地出席會議。由於我所投

宿的飯店——都柏林飯店——是以因飛行船而聞名的
都柏林伯爵而命名，怎麼說也應該與航空有所關係，
特別是氫氣飛機國際大會在此舉辦的確相得益彰；因
此我才會擅自認定會議就是在該飯店舉行。當然，確
認會場一事也被我列入前述的記事本檢查清單中了。

Scotch and Whiskey——有一次，我在平安結束國外
繁忙的行程之後，搭上某航空公司飛往東京的班機。
飛機起飛後空姐照例前來詢問機上乘客需要的飲料，
我一聽到 "What would you like to drink, sir?" 後，
一急脫口而出 "Scotch and Whiskey."。讀者可以想
像空姐在聽到之後臉上出現了什麼樣的表情。

搭上飛機才剛放鬆心情，我就脫口而出向空姐要求奇怪的飲料

睡衣遺失記——有一次，我住在歐洲某個城市的飯店

裡，正當我打算就寢、準備換上早晨脫在床上的睡衣時，鋪得整整齊齊的床上竟不見睡衣的蹤影，而且也不在衣櫥裡。在遍尋不著的情形下我只好穿著內衣褲爬進被窩。躺下之後老覺得枕頭感覺不太對勁，於是我將枕頭挪一挪，赫然發現睡衣竟然就放在枕頭底下。還好我沒貿然向飯店櫃臺抱怨，不然笑話就鬧大了。

🚁 用餐請打領帶──這是一則連吃早餐也要打領帶的故事。有一次我走進倫敦一家據說不接受陌生客人訂位並具有優良歷史傳統的飯店。我正打算用餐，因為是早餐的關係，一如往常的習慣我並未打領帶，一步入餐廳，侍者隨即提醒我在餐廳用餐請打領帶；當我心裡正想著這未免過於小題大作的時候，侍者領著我朝向門房走去，在那裡準備了大約有一打左右各式各樣的領帶，侍者請我選一條喜歡的繫上。及至就座之後，我環顧餐廳四周，整座餐廳彌漫著一股歲月的木香，所有的牆面都是鏤刻著浮雕的驚喜之作，散發出沈穩的氣息。連餐廳裡的五、六位侍者也全都穿著燕尾服，我終於明白餐廳的要求是為了什麼。

🚁 說到領帶的話，我又想起有一次，我受邀前往新加坡參加該國的航空公司所舉辦的雞尾酒會，因為邀請函的一角寫著 "Tie" 的字樣，所以我想肯定是穿西裝打

領帶沒錯，於是我就西裝筆挺地前往。但到了會場一看，所有的招待人員清一色都是穿襯衫打領帶的裝扮，似乎因為地區的不同，對於西裝外套是否須要的認定亦有所不同。

失蹤的航空公司——有一次我在加拿大，為了確認甲地前往乙地的 A 航空公司機位，而翻電話簿尋找 A 航空公司的連絡電話，但是撥了電話過去，聽筒中卻傳來該號碼目前已停止使用的電話留言，弄得我滿頭霧水。在無計可施之下我只好向飯店櫃臺詢問，一問之下，才得知 A 航空公司早在二、三個月前即被 B 航空公司併購了。之所以會發生這樣的烏龍事件，只因電話簿裡還殘留著以前的名稱之故。

在山間迷了路——趁著在加拿大的會議告一段落，利用閒暇之餘，一個人前往飯店附近的山上踏青。那時正值滿山楓紅的時節，氣候怡人，踩著輕快的腳步，我只花了一個小時就登上了山頂。在我飽覽秀麗的山川景致之後，帶著愉悅的滿足正準備下山之際，卻發現因為矮樹叢與樹木交錯叢生，我已經找不到來時的路，不知道該走那一個方向才能下山。就在我束手無策、徬徨失措的時候，終於看到一對母子也來到山頂，我靜待她們二人下山的時刻，尾隨在後，才結束了這一樁短暫的迷路記。

衣物送洗時也請注意——有一次我在美國的飯店裡將一條長褲送去乾洗。過了片刻，突然想起那條長褲的後面口袋裡放了三百塊美金，情急之下，我馬上向大廳櫃臺詢問洗衣店的電話，然後撥電話給洗衣店，請對方代為檢查，卻只聽到對方冷淡地回答「沒有錢在口袋裡」。我想準是對方欺騙我，因而擺出吵架的姿態，「怎麼會沒有？」向對方抗議到底，但不管怎樣對方卻依然回答沒有。在無計可施之下我只好掛掉電話。偶然之間，準備穿另一條長褲的時候，竟然從褲子後面的口袋裡掏出了不見的三百美元。我想那時我不僅只是臉紅，可能整個身體都變成赤紅了，並對自己輕率的言行懊悔不已，於是趕快帶了五美元去向洗衣店的人道歉。

b) 時差不適

長時間地高速飛行，尤其是東西向的行程，在抵達目的地後一定會出現時差無法調適的症狀。從日本到歐美近來多了許多直飛班機，很多人就由於時差不適的關係，在抵達目的地後的二～三天還會感覺身體不舒服，或是根本無法坐下來工作。時差不適的現象在生理學上已經有所研究，也已了解其中的原因。要避免或減輕時差不適現象的

影響可採取下列的方法。

在日常生活中，只要徹底施行以下對策相信就能解決時差不適的問題。首先，在機艙內先喝二、三杯以水稀釋的威士忌，然後適量進食，再好好睡上三小時。抵達目的地後，在當地時間晚上十點以前絕不就寢，第二天就保證沒問題了。千萬不能因為閒著沒事而上床躺著，那可是絕對禁止的。

南北方向的飛行，即使時間很長，但由於沒有時差的關係所以沒什麼問題，可是還是必須小心季節的改變，例如從冬天飛到夏天的國度所產生的「季節不適」。是否會發生季節不適，端看個人身體是否能很快適應當地的溫度了。

c) 行程

許多大型機場都擁有好幾棟機場大廈。很多人在搭乘需要轉機的航次時都沒有注意到轉機的時間問題，因此經常出現人來得及轉機但行李卻來不及轉機的狀況。這種情形下，通常行李會晚一天才被送到下榻的飯店去。

但是，雖然只是遲到一天，若是當天得開始工作而行李卻尚未抵達的話，的確很傷腦筋。因此，出國時如需要轉機，去程就必須比回程多預留一些時間以免造成困擾。

d) 飯店

不管是多麼現代化的飯店，對初次投宿的旅客而言都是「華麗的叢林」，因為又是一次全然未知的體驗。

🛬 從步入飯店、將行李交給服務人員、到櫃臺登記入住、由服務人員引領到房間之後，行李還得花一分鐘到二十分鐘左右才能被送到房間。也只能忍耐、忍耐、多多忍耐！

🛬 飯店餐廳的料理，不管在內容或價格上，通常都是最高級的，但是一樣是看著菜單點菜，除非菜送上桌，否則並無法了解自己點的是什麼。這一點和其他餐廳也沒什麼不一樣。

🛬 利用舊有建築（例如寺院）改造的旅館，有些木造地板會發出吱吱的聲音，有些則是樓梯彎彎曲曲十分陡峭，踩上去還可以從縫隙看到下面。這樣的旅館通常設有門禁，不過這個門禁是到半夜一點，真是……。

🛬 有一次我因為某種因緣際會住進皇家套房 (Royal Suite) 裡，這種皇家套房似乎是為了足以容納國王一家及其貼身隨從居住，房間多不勝數。住在這種皇家套房中的奢華以及愧疚的感覺真令人不禁嘆息。

🛬 我曾經在一些古老的飯店裡見到老式的蒸氣暖氣，不

過須要調整時卻一點也搞不懂該如何操作才好。

相同地，浴室蓮蓬頭的操作方法也因飯店而各有奇趣，這當然是不用多說的了。

有時我出國會隨身帶著電動刮鬍刀或吹風機，但是有些國家，與國內的電壓並不相同，就算相同通常也不是一插入就能使用，還必須打開另一個開關才行。而且有時候，這個開關還隱密得很，翻遍了也找不到。

飯店房間的門鎖種類五花八門，往往等到要離開飯店時，才真正領會門鎖的使用要領。

剛住進飯店，才踏進房間準備鬆一口氣的當兒，電話鈴聲突然響起，彼端傳來一陣甜美的女聲：「Ａ先生，我剛才在櫃臺見過您，可以跟您碰個面嗎？」遇到類似的情形，我想這都是因為櫃臺見顧客長得可能比較喜好女色，自動將顧客資料洩漏出去而導致的吧。

4 國際會議

a) 會議的舉辦

　　國內近年來也頓時出現許多大型國際會議，所使用的會場通常利用大飯店的會議廳或專門的會議中心。會議內容以學會、業界會議、促銷活動等為主流，人數規模從數十名到數千名，舉行期間在一天到十天左右。

　　這類的會議主要以英語進行，必要時會附帶中英文的同步口譯。

　　國際會議通常都是一年或每隔幾年由各國輪流舉行。隨著會議種類的不同，有時會被推舉成為主辦國，有時也須要主動爭取。如果是主動爭取，相關單位必須在適當的時間表態，以取得舉辦會議之國際機構認可。一般的國際機構都會有理事會或是企劃委員會這類的單位，在會議舉行的三年前左右即決定主辦國家。

　　這類國際機構除了政府之間相對的關係之外，在國內通常尚有許多成員。因此，如要表態爭取在本國舉行會議時，必須事先取得國內成員們的共識。

　　取得會議的主辦權之後，就開始進入正式的準備流程。準備內容應包括選擇日期時間、舉辦的場地、規模大小、行程規劃、贊助單位、演講者的選定及邀請、展示相關機器、編列預算等等。

如果要邀請太空人等知名人士參加會議研討會時，也必須為這些人準備隨身的護衛及保全人員。

此外，也須注意參加人數的掌握及會議整體收支的平衡。

在準備過程中，也不要忘記邀請國內德高望重的人士為大會致詞。與新聞媒體間的活動聯絡更是不可遺漏。

不論準備工作進展如何？能否趕上進度？會議都會依照預定的時間舉行。如果是主動爭取主辦的會議，通常整個會議的主席會由本國成員擔任。因此，整體運作的監控、追蹤、操縱都是主席的主要工作，他是會議實質上負責運籌帷幄的人。負責運作會議的主席，在會議首日早晨必須抱著向神祈福的心情前往會場，倘若參加人數與預定計畫一致，那麼他就可以鼓掌稱幸，往後會議的運作也可以高枕無憂。換句話說，只要參加人員與預定中相差不遠，那麼這場國際會議的收支就可以達成預算。參加人數太少固然令人傷悲，但是參加人數過多，造成過多利潤，事後又必須加以處分，也是相當令人困擾，因此人數恰好即可。

b) 演講

在國際會議中，因為致歡迎詞、演講、回答聽眾的問

題、主題討論等而有許多在大眾面前說話的機會。當然這些內容都是以英語進行。發言不是只要將事前準備的原稿照本宣科地唸出而已,發言必須盡量讓聽眾聽得懂,讓聽眾能夠提出適當的問題,幫助會議製造熱烈的氣氛。因此,演講時最好能遵守以下的注意事項:

🛫 眼睛要看著聽眾。十分鐘左右的演講,絕對不要拿講稿。即使演講內容再長,也必須運用演講用的備忘卡,隨時保持 heads-up。

🛫 致歡迎詞、演講需事先充分彩排,嚴格遵守預定時間進行。

🛫 不使用難懂的字彙、冗長的單字,使用易懂的單字取代。不使用多餘的形容詞、副詞。難懂的字彙與一個人的學問好壞沒有關係。

🛫 盡量不用否定型與被動式。

🛫 盡量不用外語(即非英語)、學術用語。

🛫 說話語氣不可單調,語氣須明快而簡潔。

🛫 說話速度要緩慢而清楚,聲調要有抑揚頓挫。

🛫 演說中偶爾穿插詢問聽眾意見,讓聽眾有參與感。

🛫 活用幻燈片、OHP(投影片)。畫面內容必須簡單明瞭。

🛫 演講內容需集中在幾個重點上,不要過於鬆散。

🛫 會場上務必準備足夠份數的演講資料。

📱 會議的開場致詞宜盡量活潑有趣。演說裡亦可以適時
地添加一些小小的笑話。聽眾在會心一笑之後一定會
拉近彼此的距離，產生親切感，會更專注於聽講。

📱 即使所言內容屬實，若涉及人身攻擊問題將會變得很
嚴重，這點必須切實謹記。

c) 宴會

在國際會議（symposium, conference, forum, semi-
nar）上與外國人交際，有許多一起用餐飲食的機會。據
說最初 symposium 這個字在古代希臘語裡是 drink
together 的意思。一同用餐未必侷限於晚餐，有時也會約
定午餐或早餐。午餐、早餐通常為商業午餐（business
lunch）、商業早餐（business breakfast）之類，晚餐則多
為社交性質的正式晚餐（full course dinner），夫婦一同
參加的情形亦相當普遍。

外國人的晚宴通常從晚上八點左右開始直到深夜十一
點才結束，時間相當長。外國人通常可以持續性地吃喝、
暢快地聊天，但是我們則吃得很少，通常在前面幾道菜的
階段就已經酒足飯飽。經常宴會結束回到飯店時都已經過
了十二點。第二天早上，在睡眼惺忪間一見到昨晚的交談
對象時，雖然很累但是每個人都故作輕鬆狀，這種硬漢作

風,實在令人驚訝。

　　這類餐會通常都是從餐前酒開始漫長的一場飯局,其間並非默默地用餐,而是熱烈的對話。話題通常都是些閒聊。政治、宗教、情色等話題在這種參加人員文化各異的聚會中並不適合。還有,自己主動找話題會比等人發問——回答來得輕鬆。

　　與外國人餐敘,必須從頭到尾都使用英語交談,如何享受長達三小時的晚宴,相信在閱讀本書之後自然會有幾分體會。

d) 翻譯

　　各國的航空公司通常必須將飛航的技術資料翻成該國使用的語言。在引進新機種時,這類資料通常須要被翻譯,但是由於這類資料要交由熟悉該業務的航空公司職員翻譯分量太過龐大,因此通常都外包委託他人翻譯。但是,承包翻譯的翻譯者卻未必是熟悉航空的專業人士。如此一來,就需將外包譯回的原稿再次檢查、修正,十分耗費工夫。

　　為了省去這些無謂的麻煩,航空公司只能將飛機製造廠製作的飛航技術資料改寫成淺顯易懂的英文,並教育公司內的每位職員都具備足以了解資料內容的基礎英語能力。幸好，最近年輕職員的英語能力比起以前已經提高許多，因此這類改善體質的工作得以順利進行。

國際會議有時必須借助口譯人員的一臂之力，如果演講者能及早將講稿事先交給口譯人員，一般都能得到良好的口譯效果。但是，很多演講者未必完全按照講稿忠實地進行，而且一旦進入問題回答的時間，口譯人員也經常會翻譯得結結巴巴，這類口譯工作最好能交由航空界的相關人員擔任，即使不是專業口譯人員也沒有關係。

e) 餐飲的招待

經常，我們會遇到招待前來參加會議的外國人用餐的情形。最近海外的大都市裡中式餐館亦日益普遍，因此即使身在國外也有許多與外國人一起吃中國菜的機會。遇到這類情形時，好奇心旺盛的外國人會對這些看起來非常具有異國風味的菜餚提出各式各樣的問題。

中國菜裡有很多東西連用中文都很難說清楚，更何況要以英語說明，但是當外國人問起時卻一問三不知，也未免太潑人冷水了。為了使讀者們至少能多多少少回答外國朋友的一些問題，事先了解中國菜裡常見的材料名稱是非常重要的。請記住，會與外國朋友一起享用的中華料理，通常都是一些豪華的飯局，因此也必須了解一下這類場合

的菜單內容。以下列舉了一些這類中式宴會菜餚常用的字彙供讀者參考：

烹調方式

炸	fry, deep-fry
炒	fry
煎	frizzle
蒸	steam
煮	boil, cook, stew
醃	marinate
烤	bake（烘焙麵包等），barbecue（以炭火烤），broil（烤魚等），grill（以烤網烤），roast（烤肉等），toast（烤麵包片等）
川燙	boil

辛香料、醬汁、配料

蔥	green onions
薑	ginger
青蒜	green garlic
蒜頭	garlic
辣椒	red chili pepper
乾紅辣椒	dried hot red pepper

八角	star anise
咖哩粉	curry powder
胡椒粉	white pepper powder
五香粉	five spice powder
麻油	sesame oil
醬油	soy (sauce); soya
豆瓣醬	bean paste
甜麵醬	soybean paste
番茄醬	ketchup
太白粉	cornstarch
豆豉	fermented black bean
紅糟	red fermented rice paste
黑芝麻	black sesame seeds
白芝麻	white sesame seeds
鍋粑	popped rice
乾蝦米	dried shrimp
金針	dried day lily flower
桂圓肉	longan pulp
香菜	parsley; coriander

海鮮類及肉類

干貝	scallop; tendons meat of big clams

鮑魚	abalone
魚翅	shark's fin
沙蝦	shrimp
明蝦	prawn
龍蝦	lobster
青蟹	river crab
海蟹	sea crab
旭蟹	red frog crab
蛤蜊	short-necked clam
蚌	clam
生蠔	oyster
海參	sea cucumber
田雞	frog
甲魚	trionyx
鱔魚	baby eel
鰻魚	eel
白帶魚	cutlass fish
鯧魚	pomfret
黃魚	yellow fish
鯊魚	shark
鱈魚	codfish
鮪魚	tuna

鱒魚	trout
鱸魚	perch; bass
石斑魚	spotted grouper; cabrilla; rock cod
鮭魚	salmon
魷魚	squid
墨魚	cuttlefish
章魚	octopus
海蜇皮	sea jellyfish
叉燒	Cantonese roast pork
蹄筋	pork tendon, sinew
蹄膀	the uppermost part of legs of pork
豬腰	pig's kidneys
豬肝	pig's liver
豬肚	pig's tripe
豬腳	legment of the hog
中式火腿	Chinese ham
洋火腿	ham

蔬菜類

豌豆仁	green peas
豌豆莢	peapods
毛豆	young and tender soybean

四季豆	string beans
白蘿蔔	turnip
胡蘿蔔	carrot
芋頭	taro
蓮藕	lotus root
竹筍	bamboo shoot
玉米筍	baby corn
金針菇	needle mushroom
草菇	straw mushroom
洋菇	button mushroom
鮑魚菇	abalone-shaped mushroom
荸薺	water chestnuts
蘆筍	asparagus
茄子	eggplant
青江菜	green cabbage
芥菜	leaf mustard
芥蘭菜	Chinese broccoli
白菜	Chinese white cabbage
韭菜	leeks
韭黃	white leeks; yellow leeks
芹菜	celery
榨菜	preserved mustard seasoned with salt

	and hot pepper
酸菜	pickled cabbage
梅干菜	salted cabbage
綠豆芽	mungbean sprout
黃豆芽	soybean sprout
木耳	agaric
白木耳	white agaric

傳統的宴會菜餚、日常菜餚

彩鳳大拼盤	phoenix-shaped cold cuts platter
茄汁明蝦	prawns with tomato sauce
海鮮魚翅羹	braised shark's fin with seafood
醋溜魚捲	fish rolls in sour sauce
蠔油鮑甫	abalone with oyster sauce
蜜汁火腿	honey dew ham
烤素方	baked vegetarian meat
干貝芥菜心	braised vegetables with scallop sauce
八寶蠏飯	steamed glutinous rice with crabs
北平烤鴨	Peiping roast duck
蒜泥白肉	sliced pork with garlic sauce
佛跳牆	steamed assorted meats in Chinese

	casserole
一品汽鍋雞	stewed whole chicken in casserole
竹節鴿盅	steamed pigeon soup in bamboo cup
什錦冬瓜盅	assorted meat soup in winter melon
梅干扣肉	stewed pork with salted vegetables
乾煸四季豆	dry cooked string beans
宮保雞丁	chicken with dry red pepper
紹子烘蛋	minced pork on egg omelet

點心

春捲	spring rolls
水餃	boiled meat dumplings
蒸餃	steamed dumplings
鍋貼	fried dumplings
蔥油餅	green onion pies
馬拉糕	Cantonese sponge cake
叉燒包	barbecued pork pastries
蘿蔔絲酥餅	turnip tarts

可直接以中文通用、溝通的名稱

豆腐（tofu）、烏龍茶（oolong）、炒麵（chow mein）、炒飯（chow fan）等。

5

航空界的話題

航空界與其他業界相同，有其獨特的體質與文化，與此業界的活動有著密不可分的關係。但是因為我長年待在這個行業中，已經很難清楚地指出航空業界與其他行業之間在體質、文化上有什麼樣的差異，反而大眾傳播媒體或產業分析師比較能夠清楚地指出其間的差異何在。

因此，本章中我不擬討論航空業界的體質，想跟讀者們介紹一些這個業界的獨特話題。

a) 經驗法則 (Rules of Thumb)

前幾年「莫非定律」十分受到大眾矚目，不僅在美國已經出書，在國內也掀起一陣浪潮，經常見於書籍以及報端的報導，蔚為喧騰一時的話題。事實上，這項定律早已在 1955 年即出現於航空業界，並且深受重視。航空界的週刊雜誌 *WING* 中也曾在 1981 年解釋過這項定律。這麼一條欠缺嚴密性的定律，卻與航空安全保障上極為重要之人員因素（human factors）對策有著密不可分的關係。以下，就要介紹幾項這類的經驗法則：

Murphy's Law（莫非定律）

莫非定律是指 "If something can go wrong, it will."，例如「防止誤用功能（foolproof）並非萬能，一

定會有能幹的傻瓜（fool）突破其堅固的防護」，或是「再次影印過的報告中，最想了解的部分，文字一定最不清楚而無法閱讀」。與其他行業相同，航空業界的從業人員也飽受「莫非病」之苦。隨著人與機械的關係日漸加深、日漸複雜，人類的莫非症候群也越來越明顯。航空業界版的莫非定律是這樣的：

"The probability of your bus being caught in traffic on the road to the airport is inversely proportional to the time left before your plane's departure."

Heinrich's Law（海涅法則）

在英語中有關海涅法則的表現方法有許多種，這項經驗法則的大意為：「一次大事故發生前，會發生三十次的小意外，三百次的不正常現象」。相信各位都能了解，我就不多解釋了。

1st Law of Flight Safety（飛航安全守則 1）

Quality, like water, never goes up without pressure.
和品質相同，安全也必須經由努力才能達成。

2nd Law of Flight Safety（飛航安全守則 2）

Don't call safety-critical nuts and bolts "chicken

feed." 提醒大家千萬別忘記，即便是像螺絲、螺帽這麼平凡的零件，對安全都十分重要。

My Laws of Safety（我的飛航安全守則）

以下要介紹幾則對我在下判斷時很有幫助的經驗法則：

Law 1. Safety contributes to profitability but not always vice versa.（安全對策與企業利潤雖然息息相關，但是利潤卻不是安全的絕對保證。）

Law 2. Human errors will never become extinct but effort can reduce them.（人為錯誤絕對無法完全消滅，但是只要努力必能減少人為錯誤的發生。）

Law 3. There are no such things as perfect measures against dangers.（與其期待一百分的對策誕生，還不如切實執行五十分的安全對策。）

Law 4. The human resources of any organization are composed of 3 classes of people; excellent, commonplace and inferior in performance.（人各有異，對不同的人要以不同的方式解釋道理。）

Law 5. If you take measures against 20% of the most frequent hazards, 80% of the entire situation will be under control.（品質管理一言以蔽之就是

這麼回事。）

Dirty Dozen

這是由聯合航空的 Capt. Dave Simmon Jr. 所歸納出的，航空上的十二項危險現象，針對高危險性且經常發生的事故，喚起業界人士的注意。

⑴ Mid-air collision（從前當俄亥俄州還只有二輛車時，都還會發生撞車的事故）。

⑵ Inadequate terrain separation（活用接近地障警告系統（GPWS））。

⑶ Unstable approach（事故多發生在降落時）。

⑷ Weather-related injury or damage（亂流時容易發生受傷事故）。

⑸ Runway excursion（因為種種因素偏離跑道）。

⑹ High speed aborts（高速時停止起飛很危險）。

⑺ Significant operational deviations（偏離航運準則）。

⑻ Runway incursion（機場內衝撞）。

⑼ Landing on wrong airport or runway（弄錯要降落的機場或跑道）。

⑽ Altitude deviation（不在指定高度非常危險）。

⑾ Navigation deviation（無視於航空法上的程序）。

⑿ Ground injury or damage（地面上的事故意外的多，

應該避免）。

b) 航空上不可思議的事情

雙引擎飛機的長期續航力

在航空運輸初期，引擎採用的是活塞在汽缸中來回運動的往復式引擎，這種引擎的穩定性不佳，因此飛機會安裝好幾具引擎，以預防萬一飛行中發生一具引擎無法運轉時，其餘的引擎也能讓飛機安全飛抵最近的機場。噴射飛機出現於 1950 年代，近年來，噴射引擎的穩定性已經提升得極為穩定，而且規定雙噴射引擎如出現單具引擎無法運轉的情形時，另一引擎也必須有能力在一定的時間內飛到最近的機場。

至於雙引擎飛機在遇到單具引擎無法運轉時，究竟須在幾小時內飛抵最近的機場這項規定，則視各航空公司的航運實績由當局許可（該項許可稱為 ETOPS，extended-range twin engine operations）。波音公司研發的 777 機型，在開發過程中即要求提高包含引擎在內整架飛機的可信度，致力於讓飛機在交給航空公司的階段，即具備足夠的海上長程飛行的能力。這意味著在開發階段中，該機型即將可信度提升到極為成熟的水準，是一項劃時代的嘗試。

平方立方法則（Square-cube's Law）

這項法則如以英語介紹，它的意思就是：

"Basic geometric law: Areas of similar-shaped solid bodies are proportional to the squares, and volumes (i.e. for equal densities, masses) to the cubes of linear dimensions. Thus if two aeroplanes are of the same shape but one has twice the linear dimensions of the other, it will have four times the wing area and eight times the weight of the other."

也就是說，飛機的尺寸（長、寬、高）如果加大為二倍，座位的面積只會增加 $2\times2=4$ 倍，重量卻會變成 $2\times2\times2=8$ 倍，因此飛機要大型化需要技術上的革新。

墜落時的安全性（Crashworthiness）

適墜性是指飛機萬一墜落時的安全考量，是一項乍看之下有些奇怪的技術。其實，這項安全設計和其他交通工具相較，例如汽車的座椅安全帶或是船舶上的救生艇、救生衣並無不同。

比起地面上的火車或汽車等的立即撞擊，空難事故大多在墜落地面之前還有一些時間可做因應。因此，乘客必須採取何種姿勢對抗強烈的撞擊，或是緊急狀況下該如何逃出機外等，乘客都必須事先有所了解。

　　但是，除了教育乘客消極的自我保護之外，飛機製造廠亦積極地投入研發。為了在墜落事故中提高乘客、機員的存活率，還必須針對座位強度以及客艙所使用之材料的耐火性能等，採取其他交通工具所未有的安全措施。

　　所以，一旦發生空難時，發生地點的國家、飛機所屬製造廠的國家、相關航空公司的監督國家等等，均會對事故發生的真正原因進行全球大規模的調查行動，然後再根據調查出之推斷原因提出改善的建言，以防止相同的事故再度發生。

事故調查用裝置的配備

　　為了確實調查民航機萬一發生事故時的肇事原因，民航機有義務在機內安裝儲存資料用的裝置，即所謂的飛航資料記錄器（Flight Data Recorder，FDR，如屬數位式（digital）設計則為 DFDR）以及駕駛艙內的通話記錄器（Cockpit Voice Recorder, CVR）。這些裝置會記錄下事故發生前飛機的狀況、駕駛艙內的聲音及與塔臺之間的交談內容。而且，這些裝置均有特殊的設計，能抵抗因墜落、爆炸燃燒所產生的強烈撞擊、高熱。這項標準配備也是其他交通工具上前所未見的。

　　若說這項規定對航空公司毫無價值，其實不然。航空公司可以在飛航之後分析這些機器內的資料，了解飛機經歷了怎樣的飛航狀態,更有利於安全提升的推動。

能伸展的襟翼

以接近音速飛行的噴射機,當襟翼伸出時,會有高達 20 度到 37 度左右的後退角。具有能伸展的襟翼的噴射機,當與乘客大樓平行停機時,每次為了起飛而調轉機身,像老鷹一般伸出襟翼準備振翅翱翔時,總會碰撞到航站大廈。因為飛機的主起落輪在兩翼根部,機身的旋轉是以機翼根部作為中心之故。近來,機場的設計均讓飛機停機時採取與航站大廈呈直角角度停放,因此不須擔心此事。

首次飛行＝Last Flight

世界上有一些飛機十分不幸,耗費了漫長的時間、努力以及鉅額費用好不容易才開發出,卻只飛行了一次即中斷開發的工作。

在船舶方面,就曾經出現過一艘 1,300 噸的瑞典戰艦華沙號(1628 年),在從造船碼頭航行至海上中途隨即沈沒,以及在橫越大西洋的熱鬧處女航中撞上冰山,造成約 1,500 名乘客、船員死亡的鐵達尼號(1912 年)。在飛航方面,也曾在 1930 年,飛行船競爭十分激烈的年代中,一架英國飛行船 R101 在首次正式飛航前往印度進行訪

問，而於中途墜落在法國，造成約五十名乘客、機員死亡（其中大多為政府高層官員）的悲劇。

1947 年，奇人霍華休斯製造了一艘有八具引擎的木製巨大飛機，僅以很低的高度在加州的長灘海上飛行過一次而已。這艘飛機擁有一個很奇妙的暱稱叫做 Spruce Goose，即使與現在的巨無霸飛機相比，這架 Spruce Goose 還是一架相當大的飛機（機翼寬度是巨無霸的 1.7 倍）。

以超音速飛航國內線

前全日空的機長石崎秀夫先生，曾在全日空的機內雜誌上，發表他曾經駕駛噴射客機 Tristar 在國內航線上以超音速飛行過的經驗談。當天由於冬季西風強勁，他從鹿兒島飛往東京，因受到這股風勢的助力，飛行起來的對地速度竟然超越了音速，真是奇妙的經驗。

6 航空交通管制英語

　　航空交通管制業務對目前的航空而言有著不可或缺的地位。飛機要安全且有效率地經營航運，需仰賴各種航空交通業務（ATS－Air Traffic Service）上的支援業務，這些業務的目的在於：⑴防止衝撞發生，⑵維持航空交通井井有條，⑶防止飛機與機場跑道區域內的障礙物衝撞，⑷提供各種資訊與傳達建議，⑸搜索救難。為達成以上目的所執行的業務稱為 ATS 業務，這些業務分為⑴航空交通管制業務，⑵緊急業務，⑶飛行資訊業務三大類，其概要如下：

⑴航空交通管制業務——簡稱 ATC（Air Traffic Control），負責設定飛機間相互安全的間隔、指示起飛降落或以雷達進行引導等，扮演著現代航空交通上不可或缺的角色。

⑵緊急業務——飛機萬一陷入需要搜索、救難的狀況時，或是可能遭遇這樣的危險時，ATS 業務就需積極扮演救難協調總部（RCC）的功能，採取適當的搜索、救難工作。

⑶飛行資訊業務——提供有關飛行中每個階段的各項資訊以及給予適時的建議，並協助 ATIS, AEIS 監控機場周邊以及定期轉播航道上的氣象狀況，以維護航運的安全。

　　這些業務當中，除了負責航空交通管制業務及緊急業務的航空交通管制人員外，其餘尚有通訊管制人員、及分派在各機場工作的民航局航務人員、氣象局人員等。

　　以上的業務大多是透過無線電由地面將訊息以英語傳送到駕駛艙。我過去在實際的航運經驗中，學習到很多有關這類通訊的教訓。回顧過去發生過的事例，我才了解到有許多對話其實都很容易產生誤解，或因自以為是、過度自信，而無法順利完成任務。即使是在以英語為母語的人士之間，也經常會發生溝通不良的情形，更遑論非英語系國家的人員在通訊上更是容易發生問題，因顧及彼此在語言上容易產生誤解，因此目前這些溝通用語以及通訊模式都已經致力於標準化。即便如此，在全球各地仍可見到因為管制人員與機員之間因對話上的誤解，而造成飛機安全受到威脅的事例報告，ICAO, IATA, FSF, IFATCA 等航空國際機構，也都持續致力於通訊品質的提升。

　　為防止通訊上出現問題，截至今日相關單位已經做了許多的努力，也發揮了成效，本書中要介紹一些這些努力的情形以及其背後的事故、意外。

a) 呼叫訊號

　　由於進行特定業務的地面機構與眾多的飛機之間，均利用相同的頻率進行通訊，因此在通訊上，使用的都是極

為簡單明瞭的呼叫訊號以避免發生混亂。

管制機關等的呼叫訊號是以顯示該機關負責的業務種類簡稱作為各機關的呼叫名稱。

管制區管制中心	Control
進場管制中心	Approach
機場管制中心	Approach, Radar
出境管制中心	Departure
航站管制中心	TCA
地面進場管制中心	GCA
機場管制塔臺	Tower
地面管制中心	Ground
管制許可傳達中心	Delivery
機場對空通訊局	Radio
國際對空通訊局	不使用簡稱
機場燈光管制中心	Lamp control
飛行路徑諮詢服務中心	Information

b) 通訊的一般用語

acknowledge	了解，收到
affirm	肯定的回覆
all stations	對各單位（非特定單位）的一般呼叫

approved	准許或認可提出的要求
break break	對貴單位的通訊雖已結束,但繼續要呼叫其他單位,因此請不要傳送"acknowledge"
cancel	取消～
check	請確認～,不需回覆
cleared	認可或准許～
confirm	確認
contact	(請切換頻率)設定與～單位通訊
correct	正確
correction	送出的訊息有誤,更正
disregard	取消通訊
go ahead	請傳送資料
how do you read?	聽得清楚嗎?
I say again.	我再重複一次
monitor	請聽～單位的頻率
negative	不對/不做～
out	通話完畢(通常不使用 VHF)
over	通話完畢,請回答(通常不使用 VHF)
radio check	測試無線電的收訊狀況
read back	請覆誦收訊內容
relay	轉播以下通訊/請轉播

report ～	請通報～
report ～	請通報～
request ～	要求～／代為要求～
roger	了解，貴單位傳送的內容全部收到
say again	請再說一次
stand-by	請等候我呼叫你及下一步指示
transmitting blind	單方面發訊
verify	請確認～
wilco	已了解貴單位的通報，將遵照執行
words twice	通訊有困難。請將通訊內容傳送二次／我會傳送二次
wun too tree	測試收送訊機器時的用語

c) 通訊用語的用法

Radio Check

通訊時要確認對方是否聽得清楚，通常採用以下的對談模式：

"How do you read?"

"Reading you four (etc.)/Loud and clear."

如上例所言，通訊品質以下列的五段數字來表示收訊程度的清晰與否：

1. unreadable　　　　　　　　聽不到

2. readable now and then　　　　有時候聽得到

3. readable but with difficulty　聽得到但辨識困難

4. readable　　　　　　　　　　可以聽到

5. perfectly readable　　　　　　可清晰聽到

速度等的讀法

速度通常都是以指示空速（Indicated Air Speed, IAS）幾節（knot，浬／小時）來表示。此外還有真空速（True Air Speed, TAS），對地速度（Ground Speed, GS）等等。

距離通常以 mile（nautical mile）表示，飛航空層以 FL310（Flight level 31,000ft）般表示，省略最後二位數字。

防止其他錯誤發生的措施

(a) 同樣表示「通過」時，表示位置上空的通過使用的是 passing，表示高度的通過則使用 leaving。

(b) 表達上升、下降時的飛行高度時，為了怕數字上會產生誤解，因此在「高度」之前不用 "to"。

(c) 為了維護儀器高度正確無誤，根據 QNH 的資料有以下之限制。"Fastair 345 cleared straight in ILS approach runway 28, descend to altitude 2,000ft

航空英語與趣譚

QNH 1011, report established on the localizer."（准許以儀器降落系統（ILS）直線進入 28 號跑道，在 QNH 1011 時將高度降為 2,000 英尺，就定位時請再回覆。）

　　至於高度表的氣壓校正，美國使用三位數的數字來表示，如果是 995，則表示是 29.95 in Hg 的意思（不是 995mb 或 hPa、hectoPascal）。另外，標準大氣壓 29.92 in Hg＝1013mb＝1013hPa。目前的標準是使用 hPa。

(d) clear——在通訊對談上，因為對 clear 這個用字的誤解，經常導致致命狀況的發生。

　　有一位正駕駛在起飛之前，以為他聽到了 "All clear"，但是實際上應該是 "Hold clear"。管制人員原本的意思是要說 "Stay clear of the runway."，但是上述的說法很容易導致誤解。

　　"cleared into position for take-off." 或者 "cleared into position, standby for take-off." 這兩句話，要是飛機駕駛漏聽了一、二個字，聽成 "cleared into position and take-off" 的話，將會導致嚴重的後果產生。所以 taxi 或 holding 的指示最好不要使用 clear 這個字。

　　另外一個情形與起飛沒有關係，但是在這個例子中，因為通訊中的語調，會讓 "eight zero clear" 聽起來有 "FL80 is clear." 或 "FL80 is clear?" 的意思。1997 年在德國的司徒加附近，一架 DC-9 在取得 FL80 的許可後降到該高度時，才發現與另一架飛機只相差 400m 的距離。

"cleared for an approach" 這樣的表達方式也曾經引發過災難。1974 年，一架 B727 飛機在接近 Dulles 機場時，收到飛航管制中心 "Cleared for an approach" 的指示。結果該架飛機撞山造成九十二人死亡。機長將這句 "cleared for an approach" 解釋成可安全下降到 1,800ft 的最終接近高度，以為取得下降到該高度的許可。其實，在這句話當中，並不含高度指示的意思。

管制人員對這句話的解釋是 "subject to your maintaining a safe altitude yourself, you are cleared for an approach."（繼續維持安全高度，許可進入跑道），根據調查結果，我們了解其實 "cleared for an approach" 這樣的表達方式並無標準而廣受認定的意思存在。

(e) 10,000ft 與 11,000ft 的高度很容易混淆的原因。

🛬 管制人員說 "......descent and cross three zero miles west of XXX VOR at one-one-thousand, reduce to

two five zero......" (請降低高度,在 11,000 英尺通過 XXX 西方 30 英里的點,速度降至 250 節),正駕駛隨即覆誦 "out of one eight thousand for one zero thousand."(高度從 18,000 英尺下降到 10,000 英尺)。

如果忙碌的管制人員沒有立即發現這樣的高度錯誤,就會發生 air-miss。如果將其中的 one-one-thousand 改成 eleven thousand 的話,應該就能減少錯誤的發生。

在 NASA 的 ASRS(Air Safety Reporting System)統計中,在 2,000ft～37,000ft 之間發生 altitude bust(偏離指定高度)的 191 例中,發生於 10,000ft~ 11,000ft 之間的就佔了 38%,比率第二高的高度帶只佔了 5% 以下,很顯然地,都集中在 10,000ft~11,000ft 之間。

相似數字造成的混亂──Pilot: "Were we cleared to 10,000ft 11 miles west of XXX, or 10,000ft 10 miles, or 11,000ft 11 miles?" 一不小心,這樣的對話就很容易造成混亂。

民航機通常在 10,000ft 以下時,速度會被限制在 250 節,因此經常會出現像下面這個例子一樣,誤認指定高度為 10,000ft 的情形。例如管制人員說

"......cleared to cross 10 DME NE 11 thousand 250kts."（准許以高度 11,000 英尺，速度 250 節通過東北 10 英里的點），當高度降到 10,100ft 時正駕駛再度向管制人員確認這項 clearance，管制人員回答 "10 northeast at 11 thousand, 250kts."，當下，正駕駛發現高度的錯誤，於是緊急拉昇飛機的高度至 11,000ft。

(f)　NASA 曾在隔了一段固定的時間對某處飛航管制中心進行檢視作業，在這項作業中分析了約 8,000 通的往來訊息，結果發現其中經常會出現使用非標準用語的通訊或覆誦（read back）。其中不正確的覆誦有 74 件（約 1%），但其中僅有 44% 被管制人員或駕駛員發現糾正過來。此外，在 1986 年 NASA 所進行的分析中發現，在 ASRS（Air Safety Reporting System）的資料庫裡約五萬件的不安全報告中，約有 70% 是因為口頭溝通的誤解，原因大都是因為主觀地解釋對話內容所造成。

　　在日常生活當中，我們也會運用腦中記憶的各種行動模式來提高自己的行動效率。但是，有時候也會因為自我的主觀認定而造成失敗。

(g)　一般

　　ICAO 在 1985 年，依據機場管制、進場管制以

及領空管制業務三個分類編制了新的用語手冊。即特尼里非事故（⇨p.129）發生的七年後。此項改訂的重點在於嚴格限制 clear, clearance 以及 take-off 這些字的用法。在引擎啟動、push back 以及 taxiing 的情況下不使用 clear 或 clearance 這樣的字眼，除了實際的 take-off 之外，也規定只能使用 depart 或 departure 而已。

在 read back 時，即使管制人員沈默不語也不代表駕駛員 read back 的內容完全正確無誤。特別是管制人員在上午九點到下午五點之間極度忙碌的時候更是如此。

為防止 read back 或 hear back（聽取 read back）產生錯誤，當發現管制人員的傳遞的訊息有點奇怪時，駕駛員都應主動向管制人員再次確認，這點十分重要。

對塔臺指示的高度下降（descent）等的許可（clearance），當覺得時間過早、高度太低、要求轉向的方位不太對勁時，應該要體認到管制人員也有可能因為受到其他飛機的影響而發出錯誤的 clearance。會造成管制人員將要發給其他飛機的訊息發給自己，原因之一極有可能是因為呼號很類似的關係。

依據 ASRS 的報告，有一位駕駛員表示，當他聽

到 "You are number one to approach." 時，把這句話解釋成 "You are cleared to approach."

此外，以切換麥克風開關來取代 O.K. 或 Roger 的 read back 習慣也很不好。

而且，當一個訊號中包含多項指示時，也會使誘發錯誤產生的可能性增高。例如："Overhead the holding fix, turn left 160 degrees, descend initially to FL170, reduce speed to 210 knots and call ABC."（抵達 holding 的基準點上空時，向左轉 160°，高度降到 17,000ft，速度減少到 210 節，然後與 ABC 通訊），在這項訊息中包含了四項指示，但事實上，一項訊息包含三項指示已經是最高的極限了。

在上述 NASA 調查中發現到的七十四件不正確 read back 當中，有半數以上都是在單次通訊中包含了三到四項的指示。過去就曾經發生過這麼一個指示超量的實例：

"Turn left 330°, maintain 2,000ft till established, cleared for ILS 30 approach, contact tower 119.4 at the outer marker, and maintain 160 knots until five miles final."（左轉到 330°，保持在高度 2,000ft，許可以儀控降落進入 30 號跑道。抵達外信標臺時以 119.4 頻率與管制塔臺通訊，在最後 5

英里前保持 160 節的速度。）

　　另外像 "Maintain two five zero." 這樣簡略的表達方式，究竟所指的是速度或高度也使人無法清楚辨別。

　　當駕駛員中有一人不擔任通訊時，就沒有人可以提供支援，更須特別注意。

　　read back 時，不可以自以為是地加入主觀意見，期待對方會糾正自己的錯誤。而且插隊通訊也很容易把管制人員給其他班機的訊息誤以為是給自己的，因此也不可以擅自插隊。

　　還有與管制人員無關，光是在駕駛艙（cockpit）內就會發生問題。例如過去就曾經發生過飛機誤闖進與獲得許可的跑道平行的另一條跑道之類的事情。

　　也有如下例般正駕駛與副駕駛之間的對話事例，這種情形因為太過於常見，真偽早已不可辨：

Captain: "Feather 4."

Co-pilot: "All at once, sir?"

或是

Captain: "Feather one."

Co-pilot: "Which one?"

　　曾經有一則報告，內容是在著陸之際，正駕駛發現副駕駛有些悶悶不樂，於是鼓勵他 "Cheer up!"，但是副駕駛卻誤以為是 "Gear up"，因此差一點就沒放下機輪直接以機體著陸。

d) 事故、意外事例

在航空交通管制上，規定國際航空有使用英語溝通的義務。因為，若在非英語國家上空，該國的駕駛員與管制塔臺以非英語的語言交談，會讓英語國家或其他不懂當地語言的非英語國家的駕駛員聽不懂他們的交談內容。1976 年在南斯拉夫的札格拉布就曾經因此發生過空中撞機的事故。管制塔臺將 FL330（33,000ft）的高度給了一架英國的三叉戟飛機，但是就在短短的數分鐘前，塔臺也給一架非英語國家的 DC-9 相同的高度。如果塔臺不用當地語言而能以英語給 DC-9 許可指示的話，三叉戟飛機的駕駛也就能夠適時地提出疑問，而能避免一場空中悲劇的發生。

也曾發生這樣的事件。塔臺指示一架在 FL350 高度飛行的飛機從 230° 轉向 250°，高度也從 FL350 降到 FL280（28,000ft），但是駕駛員卻弄錯變成轉向 280°，降到 FL250。——這也是在一個訊息中含有多個類似數字所發生的錯誤。

有兩架軍用飛機正在滑行道上準備朝跑道前進，兩架

軍用機前後排列，後面的軍機看到前面那架的引擎後
方有火焰噴出，於是喊 "Mike, you're on fire!"。結
果在幾英里之外，有一架戰鬥機的駕駛竟然從駕駛座
彈出拉起降落傘跳下。這位戰鬥機的駕駛名字也叫
Mike。

在 New York 的 La Guardia 機場，有一架飛機排第
二順位準備起飛。管制人員對第一架準備起飛的飛機
說 "After take-off, turn right heading 330 degrees.
You are NOT cleared for take-off." 聽到這段話，第
二順位準備起飛的飛機就進入起飛跑道滑行，差點就
與交錯跑道上剛剛降落的其他飛機撞成一團。這件事
是因為該機將管制塔臺對第一順位的飛機說的話誤以
為是針對自己所說，然後又將否定句解釋成肯定句，
才會引發一場意外。

1959 年，在 West Virginia 的 Charleston，一架
Constellation 飛機降落在建造於臺地上的跑道上，在
飛機差一點就要衝出跑道時正駕駛決定調頭迴轉
（ground looping），以使飛機停下來。正駕駛想要加
大 No. 4 engine 的馬力讓飛機向左轉，於是下令給飛
航工程師 "Power on four!"，飛航工程師聽到後，將
這個命令解釋為要將四具引擎的馬力全部加大，於是
如是操作。這架飛機跟著就衝出跑道，引發了一場嚴

重的事故。其實,正駕駛只是要將第四具引擎的馬力加大而已。

一位塔臺人員在給予一架飛機 FL140 的高度許可之後說:"......report tru(through)90.",但是他等了很久卻一直未收到該架飛機通過 FL90 的回報,因此塔臺人員主動詢問該機出了什麼狀況,該架飛機竟然回答正在上升到 FL190 中,塔臺人員大吃一驚。經過調查的結果發現,原來是飛機駕駛誤以為許可高度是 FL290。如果塔臺人員用 "report leaving FL90" 的表達方式的話,就不會引發一場混亂了。

一架 DC-9 在豪雨中墜落於 Fort Lauderdale。駕駛員收到雲高 700ft 的通報,但是卻未被告知視野由於豪雨的關係只有 1/8 英里而已。該架飛機在抵達跑道頭時,由於高度過高、速度過快,造成 hard landing,機體斷成兩截。

1972 年,一架 Eastern 航空的 L-1011 墜落在 Florida 州 Miami 郊外的 Everglades。這架飛機在接近機場領空時的高度一直維持在 2,000ft。但是,當時由於駕駛一直專注於檢查機輪指示燈的故障,因此並未留意到飛機的高度正在緩緩下降。管制人員從發送應答器(transponder)上得知該架飛機降至 900ft 的資料,因此詢問該機:"Eastern 401, how are

things coming along out there?"，這架 L-1011 回答："O.K., we'd like to turn around and come back in."。但是管制人員一直沒有提醒他們 "You have descended below your assigned altitude 2,000ft and you are at 900ft"。該架飛機就這樣墜落在機場附近的沼澤地上。

　　這是一則管制人員明明知道飛機高度已經降到 900ft，但卻未意識到危險狀態而引發的事故。

1960 年，一架 Constellation 飛機從 Washington National 機場起飛。在起飛時，這架飛機的節流閥摩擦式固定裝置鬆脫，在 take-off roll 到 lift-off 之間有震動產生。於是飛航工程師將 No. 3 與 No. 4 的節流閥切成空轉（Idle）的狀態，馬力也隨之下降。發生這個狀況，飛航工程師於是提醒正駕駛："We are losing power on three and four."，雖然事實的確如此，但是聽在正駕駛的耳中卻以為是兩具引擎發生故障，因此指示說："Shut down three and four."。而飛航工程師亦沒有任何猶豫，隨即遵從正駕駛的指示關掉 No. 3 與 No. 4 引擎上的扇葉以減低阻力。結果飛機失去平衡，緊急降落在 Andrew Air Force Base。抵達地面檢查引擎時，卻發現引擎一切正常。

1989 年，一架 TWA818 班機的 L-1011 飛機在

Chicago Center 管制下的領空以 FL350 的高度朝東飛行。此時，中心指示另外一架 Jetspeed 218 飛機轉到 360° 的方向。TWA 也收到這項指示，並插入跟著 Jetspeed 覆誦，218 對塔臺說："Was that heading 360 for Jetspeed 218?"，然後通訊繼續如下：

管制人員："Affirmative, 360 heading."

Jetspeed 218: "Center, TWA answered for us, we're turning lift to 360, Jetspeed 218."

管制人員："O.K., whoever accepted that last clearance, go back as you were. The clearance was for Jetspeed 218."（剛才覆誦的飛機請恢復原來的方位。轉向指示是對 Jetspeed 218 發出的。）

1977 年，在特尼里非一架荷蘭航空與泛美航空同為 747 飛機的相撞事故——這件事故是因為通訊的暫時中斷以及誤解所造成。事情起因於荷航班機在尚未取得起飛許可之下即開始滑行，在一連串的不湊巧下，在跑道上與泛美客機相撞、起火，造成機上的 583 名乘客、機員喪生。事後才發現是因為管制人員與正駕駛之間的通訊發生了以下狀況所造成：

狀況一　拉斯帕爾馬斯機場由於爆炸事件而暫時關

航空英語與趣譚

閉，所有預定抵達拉斯帕爾馬斯機場的飛機都被迫轉向（divert）飛到特尼里非機場迴避。

狀況二　特尼里非機場的停機坪規模很小，荷航班機與泛美客機前來迴避時停機坪上已經客滿，兩架飛機只能在跑道旁的候機坪等候。因此在要進入候補起飛位置時卻無法經由滑行道（taxiway），必須在跑道（runway）上滑行。

狀況三　特里尼非的管制人員給予荷航班機與泛美客機在同一跑道上相繼滑行的許可。

狀況四　特里尼非機場當時因為濃霧，能見度在500m以下。

狀況五　泛美客機並未依照管制中心的指示走 C-3 滑行道，而進入之後的 C-4 滑行道，因此從跑道出來的時間也就延後。

狀況六　特里尼非管制中心使用了含糊不清的管制用語，因此讓荷航班機誤以為已經取得起飛的許可。

最後　　荷航班機的正駕駛以為已經取得起飛的許可，因此開始加速滑行。

有一架德國空軍的運輸機正在等待 "cleared for take-

130

off" 的指示，當塔臺指示該機："Cleared into position and hold, standby for take-off."（前進到待命點停止，等待起飛的許可）時，運輸機的駕駛在指示中聽到 "cleared" 和 "take-off" 之後，加上期待起飛的心情，因此就開始滑行。非常不幸地，就在這時候，另外一架飛機剛好經過該跑道。

1990 年某一天的午後九點半左右，有一架 Avianca 航空的 B707 墜落在 New York Long Island 一個名為 Cove Neck 的森林，這架飛機是從哥倫比亞波哥大飛往 New York JFK 機場的班機。在準備降落時，由於天候惡劣，因此塔臺要求它在空中等候了三次（合計大約一小時十七分）。在第三次 hold 的時候，這架飛機告訴塔臺燃料已經用罄只能再維持五分鐘，而且也不可能再轉飛到波士頓的備降機場（alternate airport）。

這架 B707 在 JFK 機場的 22 號跑道上嘗試以標準儀器降落失敗，於是在第二次降落時接受雷達引導，機員（crew）告訴 JFK 管制塔臺 "......we're running out of fuel."，接著又通知 NY Radar Approach Control（TRACON）他們的狀況："We just lost two engines and we need priority, please."，要求著陸許可，就在這之後沒多久，飛機

便激烈地衝撞上地面。

在通知緊急狀況時，如果不使用標準用語，管制上不會給予優先順位。

事故調查結果所推斷出的原因為 "failure of the flight crew to adequately manage the airplane's fuel load, and their failure to communicate an emergency fuel situation."（對燃料未作適當的管理，未明確傳達該機燃料殘量減少、必須緊急降落的狀況予管制人員）。而且，"Contributing to the accident was the flight crew's failure to use the airline's operational control dispatch system......Inadequate traffic control management by the FAA and the lack of standardized understandable terminology for pilots and controllers......"（肇因於機員未依照管理程序管理燃料殘量、FAA 的交通管制管理不當、以及機員與塔臺管制人員之間未以明顯易懂的標準用語溝通）。

曾經發生過一架 B727 衝入 Florida Pensacola 海中的事故，據說這件事故應該是 crew 讀錯了高度表所造成。在墜海之前，這架飛機的 captain 與 co-pilot 正在討論 GPWS（接近地障警告系統）所發出的警報聲。GPWS 的警報聲十分響亮影響到這段對話內容的清晰度。co-pilot 以為 captain 要他將 GPWS 關掉，於是就將系統關閉。但是 captain 並未注意到這件事。由於 GPWS 未再發出警報，因此 captain 就以為危險狀況已經解除，飛機於是繼續下降而衝入海中。

1971 年也曾在 Sydney 機場發生 DC-8 與 B727 碰撞的事件。當時 B727 在跑道前方等待起飛，DC-8 則降落完成準備滑行。塔臺告訴 DC-8 "Take taxiway right, call on 121.7." DC-8 只簡單回答了解，但是卻將塔臺的意思誤解成 "Back-track if you like, change to 121.7."。DC-8 開始 U-turn，剛好在滑行道附近，塔臺以為它正依照指示開始移動，因此塔臺許可了 B727 的起飛。由於 DC-8 已經切換到 121.7，所以未聽到 B727 的起飛許可。B727 直接起飛，兩架飛機於是擦撞，B727 的垂直尾翼有部分被扯下來。B727 在洩出燃料之後降落，幸運地沒有任何死傷發生。

1989 年，曾經發生過一起一架 Mu-2 型飛機在準備起飛進入跑道時，與降落下來的 B747 發生地面碰撞的事故。Mu-2 因為正準備起飛，在前往跑道的滑行道上，Mu-2 向塔臺要求 "Naha Tower, we are ready for take-off. Request special VFR to northwest." 大約過了一分鐘，塔臺指示 "Clear special VFR to

northwest, maintain 1,000 or below, departure 226.5, squawk 0300."（發送應答器（transponder）的設定）。Mu-2 對塔臺的指示回答："Roger, clear special VFR clearance, after take-off, right turn north-northwest, channel 226.5. Ah, squawk 1600."（後來修正為 0300），機內駕駛員開始起飛前的檢查，飛機也開始進入跑道。之後，這架 Mu-2 就撞上剛降落的 B747 左翼邊緣，造成輕微損傷。這件事故發生的原因是因為 Mu-2 雖然已經取得 special VFR 的 clearance，但是卻尚未取得起飛的許可。

7

航空特有的表現

航空英語與趣譚

　　航空英語中有其獨特的專門術語、簡稱、各種代碼
等，如以下所示。

a) 航空用語

aborted take-off　停止起飛（與 rejected take-off 的縮寫
　　　　　　　　RTO 同義）

accelerate-stop　停止加速（停止起飛（RTO）的模擬）

acknowledge　　告知對方，我方已了解指示。

air courier　　　與 air girl, air hostess 等同樣地都是
　　　　　　　　stewardess 的舊稱。近來也有 cabin
　　　　　　　　attendant，或是 flight attendant 的稱呼
　　　　　　　　方式。1930 年，Boeing Air Transport 公
　　　　　　　　司在舊金山──芝加哥航線的班機上配
　　　　　　　　置曾受過三個月訓練的護士，據說這就
　　　　　　　　是空服員的起源。

airman　　　　　飛行員。

airmanship　　　飛行員的技術，近來多指飛行員的素
　　　　　　　　養。

air-miss　　　　空中異常接近。或作 near mid-air colli-
　　　　　　　　sion。英國航空局於 1989 年度所實施的
　　　　　　　　飛機空中異常接近報告制度中，將異常

接近分為以下三種：

Cat. A　撞上的可能性很高。

Cat. B　可能會撞上。

Cat. C　不可能撞上。

airscrew	螺旋槳。如果是 aircrew 則指飛機的全組機員。
airstair	內建的折疊式樓梯。
alternate airport	備降機場。
altimeter	高度表，barometric altimeter 氣壓高度表，radio altimeter 無線電高度表，altimeter setting 高度表撥定。
altitude	高度。height 高。altitude busting, altitude deviation, altitude excursion 等都表示偏離指定高度的意思。另外，未達指定高度、超過指定高度分別是 altitude undershoot, altitude overshoot。altitude setting 高度表撥定。elevation 標高。flight level 飛航空層（⇨7. b. FL）
anti-misting kerosene	耐爆燃料。油箱破裂時，防止燃料霧化避免爆炸發生的燃料，但仍在研發中。
apron	停機坪，航站大廈前供飛機進行飛航作

航空英語與趣譚

業的區域。（⇨2. a.）

automatic dependent surveillance system	透過衛星監控航機的系統。
auto-pilot	自動飛航裝置。
auto-throttle	自動節流閥。飛機進場時，具有自動調整引擎出力的功能。
avionics	航空電子學。
backlash	齒隙。或指因齒輪間不夠密接導致機件抖動，因而產生的「游移」現象。
backlog	積壓未交的訂貨。
bare engine	裸引擎，拆掉外殼狀態下的引擎。
base leg	降落前，與跑道垂直的一段航程。
basic T	將主要飛行儀器排列成 T 字形的架構。
bearing	磁方位／軸承。
beef up	增加結構的厚度。
bird strike	飛機與鳥的衝撞。有時跑道上也會出現與哺乳動物的衝撞。常見的有 Bat strike，有些地區還會出現 deer strike 或 kangaroo strike。
bleed	放氣，排氣。
blip	雷達畫面上所出現的監視物體光點。
block speed	區間速度。

borescope	檢查引擎內部用的內視鏡。使用光纖的稱為 fibrescope。
briefing	概況說明，簡潔指示。
bug	電腦程式中殘留的缺陷。去除缺陷稱為 debug。
build-up	形成（雲等）。氣象用語。
bulk cargo	零散貨物。bulk loading 零散地裝載，bulk cargo belt loader 指運送旅客行李的輸送帶。
bulkhead	隔牆。Pressure bulkhead 壓力隔牆。
cabotage	在國外的二處地點間，船舶或飛機收費地運送貨物或搭載乘客。
Callback	人員錯誤報告資料（美國 NASA 所蒐集的 ASRS 的資料）。
cannibalize	為了修理而從同型產品上拆取零件。
carousel	迴轉式行李領取臺。旋轉木馬。
carrier	航空公司。航空母艦。
checklist	檢查項目一覽表。
chock	輪檔。防止機輪滑動的裝置。
chock-to-chock	飛行時間的一種，包括飛機以自己的動力在地面移動的時間。
chop	飛行中的搖擺。

chopper	直升機的別稱。
circadian rhythm	以每二十四小時為週期所產生的人體生理變化。
city pair	二個城市移動客貨的組合。
clean	飛機將阻擋氣流用的機件收起的狀態。
clearance	管制人員的許可。
clearway	跑道起飛方向前方沒有障礙物的平坦區域。
club layout	座位中間隔著桌子，前後面對面的座位排列方式。
cockpit	鬥雞場／古戰場／無頂蓋的駕駛艙。目前的駕駛艙都有頂蓋。大型機一般使用 flight deck 的說法較為自然。
combi	利用隔板隔出部分客艙作為貨艙，同時具備客貨艙的飛機。
commuter	往返於區域性的都市或接駁主要機場的班機。或指通勤者。
composite material	複合材料。
condition monitoring	機器、系統狀況的監視。
containment	避免機器破損後碎片飛出外部的裝置。
control column	操縱桿、操縱盤。與 control wheel, control stick, joy stick 語義相同。除了駕駛員

正面的操縱桿外，位於側面的操縱桿稱
為 side stick。

controlled flight into terrain　簡稱 CFIT。在機件等都正常
的飛行狀態下衝撞上地面。

coordinated universal time　世界標準時間。

crab angle　飛機主軸與飛行方向所形成的角度。

crashworthiness　適墜性。飛機萬一墜落時維護乘客安全
的技術要求。

critical engine　臨界發動機。多引擎飛機如遇到某一引
擎必須關閉時，會對操控性能造成最強
烈影響的引擎。（⇨2. a.）

cross-feed　引擎供油油箱的交叉切換。

crosswind leg　起飛後，與跑道垂直的一段航程。側風
航程。

cruise configuration　巡航飛行狀態。

damage tolerance design　損壞容許設計。

debrief　任務結束後口頭總報告。

deburr　工作之後的整理、收拾。

decision altitude 決定高度，決斷高度（飛機進場時，距
離海平面的高度）。

decision height　決定高度，決斷高度（飛機進場時，距
離著陸帶標高的高度）。

decrab	將原本因側風而斜飛的飛機,機軸對準跑道中心線調整飛行方向。
deregulation	廢止許可認可制度,規定自由化,放寬規定。
deviation	偏離正規或目標位置。
dirty	飛機將產生風阻的機件伸出時的狀態。
discrepancy	問題。Squawk 和 snag 也是相同的意思。
dispatcher	派機員。負責收集航運相關情報、對機員作簡報、制定飛行計畫、管理許可或飛機的重量、重心位置等。
ditching	水上迫降,洋面迫降。
double tracking	一條航線由二家航空公司飛航。相同地,triple tracking 是指一條航線由三家航空公司飛航。
downwind leg	順風航程,與跑道平行的一段航程。
dry lease	只向飛機製造廠租用飛機,不包括機員、維修在內。
dump	飛行中洩出燃料。亦作 Fuel-jettisoning。
Dutch roll	機身 rolling(傾側,滾轉)與 yawing(偏轉)混合在短期間內做蛇行運動的狀態。

electrical power vehicle　電源車。

elevation　　　　標高。

emergency call　緊急呼叫。

endorsement　　　購買機票後，如要改搭其他航空公司的
班機時所發給的認可證明。

engine air start car　氣動式發動機吊艙。

en route　　　　　飛行途中，巡航中。（⇨2. a.）

environetics　　　環境電子工程學。

exceedence　　　　超過容許值（例如著陸速度過快）。

excursion　　　　偏離適當值。儀器的讀取、飛行路線等
偏離標準。

eyeball　　　　　客艙天花板上的新鮮空氣送氣口。與
gasper 同義。

fail-operational　不管任何一個機能故障都不會影響到飛
航。

fail-passive　　　故障雖然會造成相關系統無法使用，但
是卻不會對飛航造成影響的設計。

fail-safe　　　　　指系統中雖有部分故障，只要採取適當
的對應措施，仍可繼續安全飛航的設
計。（⇨2. a）

fail-soft　　　　　故障雖然不會影響到飛航，但卻多多少
少會限制了飛航的設計。

feeder line	連接幹線航線的地方航線。
final approach	降落前，最後的進場航程。
flag carrier	國有航空公司。協議中指定飛行國際航線的航空公司。（⇨2. a）
flameout	引擎停止燃燒。
flight coupon	機票。
flight simulator	模擬機。模擬飛行的裝置。
footprint	腳印。機場周邊一定程度噪音的擴散。
fuel starvation	燃料枯竭。缺乏燃料。
fuel truck	燃料供應車。
galley/cabin service truck	餐車／座艙服務車。
gasper	新鮮空氣的送氣口。
gear	齒輪。起落架。
general aviation	一般航空。
go-around	重飛。
ground air conditioning vehicle	空調車。起飛前地面支援飛機使用的冷、暖氣車。
ground hostess	地面接待員，簡稱 GH。
ground loop	地轉。飛機在地面滑行時，機頭調頭迴轉。
ground porpoising	飛機在著陸滑行中，機頭上下搖晃的情形。嚴重時會在著陸後重新起飛然後

再降落。

ground service vehicle	地面勤務支援車。
Guppy	為運送大型貨物，而將機體直徑設計得非常大的飛機。
gust	陣風。
guzzler	狂飲者。指燃料耗費量驚人的飛機。
hang up	渦輪引擎在啟動之後無法加速到適當速度的情形。也稱作 hung start。（hang 為動詞，hung 為過去分詞）
hangar	棚廠、飛機棚。如果是 hanger 則為衣架、懸掛的物、懸掛的人等。
hard landing	以過高的降落速度著陸。
hard time	清理、準備等所需的固定時間間隔。
hardware	維修工具。與 software 相對，指有具體形態的東西。
high speed taxiway	高速滑行道。
holding	空中待機。
human factors	人員因素、人為因素。
hydroplaning	因跑道溼滑無法控制，飛機因而甩出的情形。Acquaplaning（英）。
hypersonic	高超音速的（約音速的五倍以上）。
identification	識別。與 de-identification（匿名化），

航空英語與趣譚

mis-identification（誤認是別人）為相關
字。

intercept	攔截。
intermodal	使用陸海空任何二種以上的運輸方式（例如：貨櫃）。
iron bird	為開發階段所使用之飛機主要系統的地面實驗設備。
Jeppesen chart	記載有航空路線、飛機場地圖等資料的冊子。
jet-lag	時差不適（跨越五小時以上的時區時）。
jet stream	西風帶的高空氣流。因高空中冷氣團與暖氣團接觸所產生，時速在 80km 以上的強烈氣流。
lavatory service truck	流動廁所車。
leg	一定方位的部分航程。
localizer	左右定位臺。儀器降落系統（ILS）中指示跑道中心線位置的裝置。
mapping radar	可顯示地形的雷達。
marker beacon	向垂直方向發出電波，以聲音與顯示標示出位置的裝置。
matchmark	對準記號。
Mayday	求救訊號。重複三次。

mil   1/1,000 英寸。

missed approach   進場失敗，重飛。

mobile lounge   運送乘客往返飛機與航站大廈之間的車
                  輛（有些不須爬樓梯即可上機，例如華
                  盛頓的達拉斯機場）。

mock-up   與飛機或部分機件等比例大小的模型，
                  模型打樣（用以設計、開發、訓練用）。

model   飛機的機型。

no-show   雖然有訂位但是未搭機的旅客。另外 go-
                  show 是候補搭上飛機的旅客。

oil migration   運轉中，機油從機油油箱輸送到引擎內
                  部的技術。也稱為 oil hiding 或 oil
                  gulping。

Omega   奧米加導航系統，一種遠程無線電導航
                  系統。

overrun   緩衝帶，以備萬一衝出跑道（overshoot）
                  時的緩衝。

overshoot   衝出跑道後才停止。英國用作重飛（go-
                  around）之意。

pallet   航空貨運用標準棧板（有88"×125"、88"×
                  108"、96"×125"等標準的尺寸。" 為英
                  寸）。

penalty box	準備起飛等待滑行的等候區。
phase out	飛機從飛航行列中退役。
picket	飛機停在野外時,以繩索等固定在地面上。
pitching	俯仰。以兩翼尖所連成之直線為軸,繞該軸而為的動作。pitch up 指機鼻上仰。
placard value	飛機的極限性能。
position error	位置誤差(以時鐘、羅盤等判定)。
potable water truck	飲用水供應車。
power take-off	動力傳送齒。
radar	radio detecting and ranging 的縮略,雷達、電波探測器。
radar altimeter	無線電高度表。亦作 Radio altimeter。
rain protection	撥雨劑。飛行中具有能將水彈開、維持視線良好的液體,將之噴在擋風玻璃上能將雨滴撥開。
read back	覆誦(clearance 的內容)。聽取 read back 稱作 hear back。
re-fan	噴射引擎風扇的設計變更。一般朝向更為大型、增加推力、降低噪音、節省燃料的方向努力。

refuel	補給燃料。
rejected take-off (RTO)	與 abort take-off（ABT）相同，是停止起飛的意思。
retractable	可收起的，伸縮式的。
retrofit	將現有的機器加裝新的裝置。
reverser	逆噴射裝置。
rig	開發過程使用的試驗裝置。可用電纜或電線微調飛機結構。
rolling	傾側／滾轉。以機身為軸，向左或向右翻滾的動作。
rollout	將新建造好的飛機從停機棚內拉出（準備飛行）。
roger	了解，貴單位的送訊全部收到。
route	規定的飛航路線。
rule of thumb	經驗法則。
runway threshold	跑道頭。
safety	將起落架以鎖機樁固定在地上。
say again	請再說一次（通訊用語）。
scramble	緊急推進。
seat pitch	客艙內座位的前後間隔。
service	機艙的例行準備以及各類液體的補充。
shimmy	車輪等劇烈的左右搖晃。

航空英語與趣譚

ship-set	飛機固定的一套搭載用品。
shockwave	震波。
short-haul	短距離運輸（與 long-haul 相對）。
shot-peening	高速吹砂方式。以堅硬的粒狀物質衝擊金屬加以研磨。
shoulder harness	固定上半身的肩部固定式安全帶。
shuttle	可多次重複使用的太空梭。或指頻繁地往返於二點之間的短距離航班。
side-by-side	二個座位橫向並排的配置（縱向並排則稱 tandem）。
sideline noise	在跑道邊特定地點所測到的飛機噪音。
single-crystal alloy	單晶合金。
situational awareness	狀況認知。
skid	煞車打滑。
Sky Vision	機內設備的解說短片或專供機上放映的電影。
slat	前緣高升力裝置的一種。
slave	由主裝置操控的從動裝置。
slosh	液體在容器內晃動。
slot	機翼結構的空隙（高升力裝置）。機場等分配給飛機的起飛時間帶。
snag	機件出問題的情況。（⇨squawk）

snubber　　　　　超過一定限度時剛性會加大的彈性體，
　　　　　　　　避震器。

sound barrier　　過去認為高速飛行所難以突破的音速壁
　　　　　　　　障。

sound suppressor　噪音減輕裝置。

spatial disorientation　空間意識失調。

special VFR　　　低於一般目視飛航氣象條件下所作的目
　　　　　　　　視飛行。

split charter　　　將機位分別包給數個不同團體的包機。

spool down　　　噴射引擎燃料用盡，轉速下降的情形。
　　　　　　　　相反地，轉速增加則稱作 spool up。

squawk　　　　　有問題，也作 snag, discrepancy。此
　　　　　　　　外，也指發送應答器的設定。（squawk
　　　　　　　　Charlie 使用的是能自動高度發訊的
　　　　　　　　Mode C）。

stacking　　　　　在同一領空的不同高度上，同時有多架
　　　　　　　　飛機待機。

stall　　　　　　失速（升力減少，阻力明顯增加）。

stall warning　　失速警報。

step-up climb　　巡航的方式之一，在巡航中分段提升高
　　　　　　　　度。

stop and go　　　降落著陸的訓練項目，練習在跑道上著

陸、停止以及上升。

stopover	機員在飛行任務告一段落後,住在非本身所屬的基地(也作 layover)。長程飛行的旅客在中途停靠時暫時下飛機也稱作 stopover。
straight-in	直線進場。
stratopause	平流層頂。stratosphere 是平流層。
stress corrosion	殘留應力造成的金屬腐蝕。
surge	因噴射引擎的壓縮機內空氣流動混亂,產生部分失速狀態,並發出噪音及造成排氣溫度上升。經常與 stall 作相同的意思使用。
synergism	設計上的變更對整體產生大幅改善的現象。例如縮小飛機大小減少結構重量、阻力、引擎大小、燃料消耗,讓固定的燃料量續航距離增加等。
taxiing	飛機以本身的動力在機場內滑行。
technical landing	航運中,燃料不足以飛航到目的地,為了補給燃料而在中途的機場降落。
terminal	飛機在機場起降所使用的空中區域及設施。
threshold	跑道頭。指飛機進場著陸的一端。

thrust reverser	反推力裝置。
touch and go	降落著陸訓練的項目，在跑道上著陸但不停止而直接起飛升空。
tow-bar	拖桿。連結飛機與拖車的工具。
tower fly-by	為了確認飛機外觀是否有異常，而要求飛機在塔臺附近低空飛過。與 low pass 相同。
track	從起飛到著陸為止的飛航路線。或指左右主輪間的距離。
traffic pattern	起降航程。以跑道為中心由 upwind leg, crosswind leg, downwind leg, base leg 與 final approach 所構成的航程。
transmitting blind	單方面送訊發訊中（通訊用語）。
transonic	接近音速的（音速的 0.8～1.2 倍左右）。
transponder	識別器／應答器。距離測定裝置或二次監視雷達上與詢問機配套組合的機器。
triage	在移送醫院之前，區分傷患及採取急救措施的場所。
tropopause	對流層頂。troposphere 是對流層。
trouble shooting	尋找故障的原因。
trunk route	幹線航線。
tug	拖車。

turn-around time	飛機抵達機場，到下一航次起飛所需的時間。
ultimate load	最大載重量。
uncontained failure	引擎等損壞的零件飛到外面去的內部故障。
undershoot	在未抵達跑道前即著陸。
unducted fan	未燃燒的空氣經由沒有外壁的風扇流出的噴射引擎。
unstick	飛機飛離地面或水面。
upwind leg	起飛時，頂風飛行的一段航程。
vector	以雷達引導飛機的指示方位。也用作雷達引導的意思。
Very pistol	緊急用信號手槍。
visibility	能見度（白天，水平視線可隱約見到黑色大型物體的距離）。
visor	可動式防眩用螢幕。
vortex	渦流。
wake turbulence	機翼端渦流。從機翼兩端所產生的一種後方亂流（wake vortex 也相同）。
waypoint	導航點。標示在航圖上，可供作導航參考的地點。
wheel base	鼻輪與左右主輪連成的直線的距離。

windmill	飛行中引擎停止時，因氣流造成迴轉部分自動旋轉的情形。風車狀態。
windshear	發生於局部地區的間歇性強烈風流。出現在低高度時尤其危險。
winglet	翼尖整流片。位於機翼最前端，部分向上翹起的設計。在飛行中能增加飛機的升力。
write-off	無法修理（表示飛機的受損程度）。
yawing	偏轉。以與機身垂直的直線為軸，向左或向右的轉向。
yield	每趟運輸的收益。

另外，以下這些專門用語也經常使用：

🛩 traffic pattern　起降航程

　　final approach　最後的進場航程

　　upwind leg　　頂風航程

　　crosswind leg　起飛後與跑道垂直的側風航程

　　downing leg　　順風航程

　　base leg　　　降落前與跑道垂直的航程

🛩 braking action　制動效果

　　good　　　　　良好

　　medium to good　大致良好

　　medium　　　　普通

medium to poor　不良

poor　　　　　極度不良

very poor　　　極度不良而危險

noise abatement flight procedures

減輕噪音的航運方式

delayed flap　延緩放下襟翼

displaced threshold　移動降落點

low flap angle　襟翼角度調低

preferred airway　優先航道

preferred runway　優先跑道

profile descent　從巡航高度或待機高度以接近
空轉推力的狀態，將高度、速度，依固
定的流程下降，在適當的地點乘著滑翔
斜率（grind slope）進場的方式。

Reduced thrust　推力用盡

Steepest climb　大角度地拉升

clouds　雲

Cb cumulonimbus　積雨雲

Cu cumulus　積雲

Ns nimbostratus　雨層雲

Sc stratocumulus　層積雲

St stratus　　　層雲

🛩 flight conditions 飛行狀態

 (1) VMC/IMC 的差異

 (2) 與雲之間的關係 in cloud, in and out, between layers, on top

 (3) 亂流的程度 severe, moderate, light turbulence, choppy, smooth

 (4) 結凍的程度 trace（些微）, light, moderate, severe

b) 航空上的縮寫

 航空界使用許多縮寫，通常以三個字母居多，主要的有以下這些：

AAIB	Air Accidents Investigation Branch 航空事故調查部，英國交通部。
AAL	approach angle lighting 進場角度指示照明
AAS	altitude alert system 高度警報裝置
AB	alert bulletin 注意事項資料（特指美國 NASA 航空安全報告制度的資料）
A/C	aircraft 飛機
ACARS	automatic communications and record-

ing system 自動通訊記錄裝置，Arinc
Communications and Reporting System
亦相同。

ACAS   airborne collision avoidance system 空
中防撞系統，美國稱其為 TCAS。

ACC   1. air traffic control center 航空交通管制
中心

2. area control center 區域控管中心

ACL   allowable cabin load 飛機最大載重量

ACMS   aircraft condition monitoring system 飛
航狀況監視系統

AD   airworthiness directive 適航性改善通報
（美國）

ADF   automatic direction finder 自動尋向計

ADI   attitude director indicator 姿態指示儀
（以垂直迴轉儀顯示機體俯仰 (pitch)、傾
側 (roll) 的姿勢，以 flight director 顯示三
軸操舵命令，以 auto-throttle（自動節流
閥）顯示速度維持是否適當、旋轉角
度、滑行等的複合儀器。此項顯示如果
是以布朗管使用多色投影的話則稱為
EADI。）

ADP	air driven pump 氣動泵
AEIS	aeronautical en route information service 飛行路徑諮詢服務
ADS	automatic dependent surveillance 自動從屬監視
AFCS	automatic flight control system 透過衛星監控航機的系統
AIDS	1. acquired immune deficiency syndrome 後天免疫系統不全症候群 2. airborne/aircraft automatic integrated data system 搭載／航空綜合數據系統
AIM	airman's information manual 航空路線刊物、機員用資訊手冊。
AIP	aeronautical information publication 飛航指南，航行資料匯編
AIREP	aircraft in-flight report 飛行狀況報告
AMC	aerodynamic mean chord 平均氣動力弦
AOA	angle of attack 攻角
AOG	aircraft on ground（for spare parts）停飛（待件）

APEX	advance purchase excursion 事前購買享有折扣的航空運費
APU	auxiliary power unit 輔助動力裝置
ARINC	Aeronautical Radio Incorporated 航空無線協會、航空聯盟。
ARMAD	area meteorological advisory 區域氣象資料
ARSR	air route surveillance radar 航線監視雷達
ARTS	automated radar terminal system 終端管制資訊處理系統
ASR	airport surveillance radar 機場監視雷達
ASRS	aviation safety reporting system 匿名式航空安全報告制度（美國 NASA）。
ATA	1. Air Transport Association of America 美國航空運輸協會 2. actual time of arrival 實際抵達時間 3. air traffic advisory service 飛行諮詢服務
ATC	air traffic control 飛航管制，空中交通管制
ATD	actual time of departure 實際起飛時間

ATE	automatic test equipment 自動檢測裝置
ATIS	automatic terminal information service 終端資料自動傳送服務；機場終端飛航資訊頻道
ATP	advanced turboprop 技術革新型渦輪推進引擎
AUW	all-up weight 總重量
BCAR	British Civil Airworthiness Requirements 民間航空適航需求（英國）
BITE	built-in test equipment 內建式機內檢測設備
CA	1. certificate of airworthiness 適航證明 2. cabin attendant 即為flight attendant。若指全組人員則用 cabin crew。
CADAM	computer assisted design and manufacturing CAD/CAM 系統。設計、製造上均採用電腦輔助的系統。
CAN	Committee on Aircraft Noise 隸屬於ICAO，與飛機噪音相關的委員會。
CAS	calibrated airspeed 校正空速
CASRP	Confidential Aviation Safety Reporting Program 航空安全報告制度（加拿大）

航空英語與趣譚

CAT	1. clear air turbulence 晴天亂流（因十一月～三月強烈的西風帶高空氣流所造成）
	2. precision approach category 精密進場區隔
CAVOK	cloud and visibility O.K. 晴朗的狀態
CDL	configuration deviation list 機體狀態不佳的容許基準（機體結構或零件有缺損的狀態下，飛機依然可供使用的容許基準）
CEO	chief executive officer 執行總裁
CFIT	controlled flight into terrain 在正常飛行的狀況下嚴重地衝撞上地面
CGI	computer-generated image 電腦繪圖
CHIRP	Confidential Human Factors Incident Reporting 匿名式人為因素報告（英國）
CIA	1. Central Intelligence Agency 中央情報局（美國）
	2. Cambodian International Airlines 柬普寨國際航空
CIQ	customs, immigration and quarantine 海關、出入境管理、檢疫

CMCS   central maintenance computer system
        機上維修資訊系統

C of A certificate of airworthiness 適航證明（也
        簡稱為 CA）

CRM   cockpit crew resource management 機
        艙資源管理──這個名詞乍看之下有點
        不知所云，意為飛行組員間的合作處理
        （Team work）訓練。

CTOL   conventional take-off and landing air-
        plane 一般起飛降落的飛機

CVCF   constant voltage constant frequency 固
        定的電壓及頻率

CVR   cockpit voice recorder 駕駛艙通話記錄
        器

DA   decision altitude 決定高度，決斷高度

dB(A)   decibel (A)。分貝，表示噪音程度的單
        位

DFDR   digital flight data recorder 數位式飛航
        數據記錄器

DH   decision height 決定高度，決斷高度

DLC   direct lift control 直接升力控制

DME   distance measuring equipment 測距

儀，距離測定裝置

DOC	direct operating cost 直接航運成本
EADI	electronic attitude director indicator 電子式姿態指示儀
EAT	expected approach time 預估進場時間
ECAM	electronic centralized aircraft monitoring system 電子式飛機監視系統
ECHO	Experience Can Help Others 航空安全報告制度（全日空）
ECPNL	equivalent continuous perceived noise level 等值平均感覺噪音程度。飛機噪音單位。
EFCS	electronic flight control system 電子式飛行控制系統
EFIS	electronic flight instrument system 電子式飛行儀器顯示系統
EGT	exhaust gas temperature 排氣溫度
EHSI	electronic horizontal situation indicator 電子式水平位置指示儀
EICAS	engine indication and crew alerting system 引擎參數顯示警報系統
EIS	entry into service 啟航

ELT	emergency locator transmitter 緊急位置發訊無線電裝置
EMI	electromagnetic interference 電磁干擾
EMS	emergency medical service＝air ambulance＝medevac（medical evacuation）緊急醫療運送服務
EPA	Environmental Protection Agency 環境保護局（美國）
EPIRB	emergency position indicating radio beacon 緊急位置發訊無線電裝置
EPNL	effective perceived noise level 實效感覺噪音程度
EPR	engine pressure ratio 引擎壓力比
ETA	estimated time of arrival 預定抵達時間
ETD	estimated time of departure 預定起飛時間
ETOPS	extended-range twin engine operations 雙引擎飛機長時間航運（波音公司目前仍在努力，以使飛機在交給航空公司能夠取得此項認可，此種認可稱為 early ETOPS 或是 instant ETOPS）
FAA	Federal Aviation Administration 美國聯

邦航空局

FAI	Fédération Aéronautique Internationale 國際航空聯盟
FANS	Future Air Navigation System 新航空系統（ICAO）
FAR	Federal Aviation Regulation 美國民間航空規則
FBL	fly by light（飛機使用的）光纖操控
FBW	fly by wire 電線操控（飛機的操控不是利用電纜，而是使用電線）
FCC	1. Federal Communications Commission 美國聯邦通訊委員會 2. flight control computer 控制飛行的電腦
FCU	fuel control unit 燃料管制裝置
FD	flight director 飛行指示裝置（飛行時預先選定所須的飛行機能，讓飛機保持正常飛行狀態的裝置）
FDP	flight plan data processing system 飛行計畫資訊處理系統
FDR	flight data recorder 飛行資料記錄裝置（數位式的稱為 DFDR）

FE	flight engineer 飛航工程師
FFP	frequent flyer program 飛行距離比例制度（營業）
FIR	flight information region（監看並提供協助的）飛航情報區
FL	flight level 飛航空層（在標準氣壓下，以100英尺為單位表示）
FMS	flight management system 自動飛行控制裝置
FO, F/O	first officer　副駕駛
FOD	foreign object damage 因吸入異物造成的損壞
FOIA	Freedom of Information Act 資訊自由法案（美國）
FOM	Flight Operations Manual 航運規則
FPP	fare paying passenger 付費旅客
FRP	fiber-reinforced-plastics 纖維強化塑膠
FSF	Flight Safety Foundation 飛行安全基金會（會員數將近六百）
GA	general aviation 一般航空
GCA	ground-controlled-approach service 地面進場管制業務

GLONASS	global navigation satellite system 全球航行衛星系統
GNSS	global navigation satellite system 同上（ICAO）
GP	glide path 著陸下降路線
GPS	global positioning system（以接收衛星訊號判定飛機所在經緯度的）全球飛行定位系統
GPWS	ground proximity warning system 接近地障警告系統
GS	1. ground speed 對地速度 2. glide slope 滑降斜度、下降斜度
GSE	ground support equipment 地上支援裝置，主要指機場的車輛等。
GWT	gross weight 全配備重量
HCF	high cycle fatigue 多重應力疲勞循環
HF	high frequency 高頻通訊
HIP	hot isostatic pressing 渦輪扇葉等的熱間均衡壓縮工程
HSI	horizontal situation indicator 水平位置指示器（顯示磁氣方位，對 VOR 的方位，與 DME 的距離，脫離慣性航法所選擇的

路線，脫離下降斜度中心等的複合儀
器。以 CRT 顯示者稱為 EHSI。）

HST	hypersonic transport 高超音速的運輸機
HUD	head-up display 正面顯示裝置（非俯瞰式）
IAS	indicated air speed 指示空速
IATA	International Air Transport Association 國際航空運輸協會
ICAO	International Civil Aviation Organization 國際民航組織
IDG	integrated drive generator 定速驅動發電機（CSD 與交流發電機合而為一）
IFA	International Federation of Airworthiness 國際適航性能聯盟
IFAA	International Flight Attendants' Association 國際飛航服務員協會
IFALPA	International Federation of Airline Pilots' Association 國際定期班機駕駛員協會
IFATCA	International Federation of Air Traffic Controllers Associations 國際航空交通管制協會
IFR	instrument flight rules 儀器飛航規範

IFSDR	in-flight（engine）shutdown rate 飛行中引擎熄火率
ILS	instrument landing system 儀器降落系統
IM	inner marker 內信標臺
IMC	instrument meteorological conditions 儀器天氣情況
INMARSAT	International Maritime Satellite Organization 國際海事衛星機構
INS	inertial navigation system 慣性航行系統
iPAC	International Pacific Rim Air and Space Technology Conference 環太平洋航空太空技術會議（由 SAE 主辦）。不知因何緣故，字首的 i 使用小寫。
IRAN	inspection and repair as necessary 定期機體檢查維修
IRS	inertial reference system 慣性航行系統
ISA	international standard atmosphere 國際標準大氣
ISO	International Standardization Organization 國際標準化組織（也寫作 International Organization for Standardization）
ITC	inclusive tour charter 複合旅遊包機

JAR	Joint Airworthiness Requirements 統合適航性基準（EU）
JAWS	Joint Airport Weather Studies 共同機場氣象研究組織（美國）
K.D.	knock(ed) down 分解（機械等）
LCF	low cycle fatigue 低頻率反覆疲勞
LLWAS	low level weather alerting system 低層氣象警報裝置
LLZ	localizer 左右定位臺。發射指示跑道中心線位置的訊號。
LOFT	line-oriented flight training 航行環境飛行訓練（使用模擬飛行器，讓 crew 模擬實際飛航環境進行訓練）
LORAN	long range navigation 長距離航行支援裝置
LRU	line replaceable unit 線路交換組件（讓機場的燈號能簡單變換的裝置）
MAC	mean aerodynamic chord 平均氣動力弦
MCT	1. Minimum connecting time 轉機所需最短時間
	2. maximum continuous thrust 最大連續

航空英語與趣譚

推力

MEL	minimum equipment list 航運容許基準
MIL	Military Specifications and Standards 美軍規格與基準
MLGW	maximum landing gross weight 最大著陸重量
MLS	micro-wave landing system 極超短波著陸支援裝置（取代 ILS 用，但在 FANS 正式發展之前仍繼續使用）
MM	middle marker 中信標臺
MR	maintenance requirement 維修項目
MTBF	mean time between failure 平均故障間隔
MTOGW	maximum take-off gross weight 最大起飛重量
M 0.8 等	飛行速度為音速的 0.8 倍等
MSA	minimum safe altitude 最低安全高度
NASA	National Aeronautics and Space Administration 美國太空總署
Navaid	navigational aids 無線電導航系統
NDB	nondirectional radio beacon 歸航臺，導航臺。無方向性發射臺，為地面的導

航設施之一。

NexRad	next-generation radar 新一代雷達（美國正在開發中）
NMAC	near mid-air collision 空中異常接近
NOTAM	Notice to Airmen 飛航公告，航行通告
NPRM	Notice of Proposed Rulemaking 改訂法規案
NTSB	National Transportation Safety Board 國家運輸安全委員會（負責事故調查）
OAA	Orient Airlines Association 東方航空公司協會
OAG	Official Airline Guide 全球定期航次指南
OAT	outside air temperature 機外大氣溫度
OH	overhaul 大拆維修
OM	outer marker 外信標臺
ORSR	oceanic route surveillance radar 海上航道監視雷達
OTC	over-the-counter medication 店頭銷售藥劑（航空上對機員等的服藥嚴格管制）
PAR	precision approach radar 精密進場用雷達
PF	pilot flying 操控飛行員

航空英語與趣譚

PIC	pilot in command 指揮飛行員。須負責指揮、擁有權限之飛行員
PMS	performance management system 自動性能管理系統
PNF	pilot not flying 休息中的飛行員
POL	petroleum, oil and lubricant 燃料油貯藏庫
QA	quality assurance 品質保證
QC	quality control 品質管理
QNE	將氣壓高度表原點與標準大氣原點調成一致的氣壓值
QNH	高度表撥定,將降落到跑道上的飛機氣壓高度表與跑道標高調成一致的氣壓值
QFE	將降落到跑道上的飛機的氣壓高度表調到 0 時的氣壓值
QTOL	quiet take-off and landing airplane 低噪音起降飛機
RAT	ram air turbine 用以驅動油壓幫浦的填塞式空氣渦輪
RCC	rescue coordination center 救難協調總部
RNAV	area navigation 廣域航行

ROD	rate of descent 下降率
RVR	runway visual range 跑道視程
SAE	Society of Automotive Engineers 美國自動裝置技術人員協會（制定了許多航空方面的基準，因此將之稱為汽車技術人員協會並不適當。）
SAR	search and rescue 搜索救難
SAS	stability augmentation system 穩定性增加裝置
SB	service bulletin 維修技術通報
SELCAL	selective calling system 可選擇的呼叫系統
SFC	specific fuel consumption 燃料消耗率
SID	standard instrument departure 標準儀器起飛方式
SITA	Société Internationale de Télécommunications Aéronautiques 國際航空通訊協會
SIWL	single isolated wheel load 單一輪胎的負載重量
SOAP	spectrometric oil analysis program 油脂分光分析檢查

航空英語與趣譚

SOP	standard operating procedures 標準運用程序
SPI	surface position indicator 表面位置顯示裝置
SSR	secondary surveillance radar 二次監視雷達
SST	supersonic transport 超音速運輸機
STAR	standard terminal arrival route 標準抵達路線
STOL	short take-off and landing 短距離起降，或指此類飛機
SVR	shop visit rate 送入工廠維修的拆下率（每小時）
TAS	ture air speed 真空速
TAT	1. Turn-around time 折返所需時間
	2. total air temperature 整體大氣溫度
TBO	time between overhaul 大修間隔
TC	type certificate 型式證明
TCA	terminal control area 機場（機場周邊）管制區域
TCAS	traffic alert and collision avoidance system 防止空中相撞系統

TRACON	terminal radar control 機場雷達管制
TSO	time since overhaul 大修後使用時間
UHCA	Ultra High Capacity Aircraft 超大型飛機（可搭乘八百人左右，Air Bus 公司。）
UHF	ultra high frequency 超高頻
ULD	1. Unitized load device 標準型貨櫃 2. underwater locating device 海中位置發訊無線裝置
URR	unscheduled removal rate 預定之外的拆下率
UTC	coordinated universal time 世界標準時間
VASIS	visual approach slope indicator system 目視滑降燈，目視進近坡度指示器系統
VFR	visual flight rules 目視飛航規則
VHF	very high frequency 特高頻
VLCT	Very Large Commercial Transport 超大型運輸機（可搭載八百人左右，波音公司。）
VMC	Visual meteorological conditions 目視天氣情況
VOR	VHF omni-directional radio range 多向

導航臺，特高頻全方位無線標示設施

VTOL	vertical take-off and landing 垂直起飛降落	
W&B	weight and balance 重量重心	
WX	weather 氣象	

c) 民航機的國籍記號

民航機在機體上一定會標示國籍記號。以下是主要的國籍記號。

AP	Pakistan
B	中華民國（ROC）
CF	Canada
CCCP	前蘇聯
CR, CS	Portugal
C2	Nauru
D	Germany
EC	Spain
F	France
G	United Kingdom
HB	Switzerland
HL	Korea（大韓民國）

HS	Thailand
HZ	Saudi Arabia
I	Italy
JA	Japan
LN	Norway
LQ, LV	Argentina
N	U.S.A.
OB	Peru
OE	Austria
OH	Finland
OO	Belgium
OY	Denmark
P	Korea（朝鮮民主主義人民共和國）
PH	Netherlands
PK	Indonesia
PP, PT	Brazil
P2	Papua New Guinea
RP	Philippines
SE	Sweden
SP	Poland
SU	Egypt
SX	Greece

S2	Bangladesh
TC	Turkey
TF	Iceland
VH	Australia
VR-H	Hong Kong
VT	India
XA, XB, XC	Mexico
XV	Vietnam
XY, XZ	Myanmar
YA	Afghanistan
YI	Iraq
ZK, ZL, ZM	New Zealand
4R	Sri Lanka
4X	Israel
9M	Malaysia
9N	Nepal
9V	Singapore

d) 航空公司代碼

由於航空公司數目日漸增加，原本航空公司代碼只使用二個字母表示，但是最近則改成三個字母。以下是主要的航空公司代碼。

AA/AAL	美國航空
AC/ACA	楓葉航空
AE/MDA	華信航空
AF/AFR	亞洲法國航空
AI/AIC	印度航空
AY/FIN	芬蘭航空
AZ/AZA	義大利航空
BA/BAW	英國亞洲航空
BR/EIA	長榮航空
CI/CAL	中華航空
CO/COA	美國大陸航空
CP/CDN	加拿大國際航空
CX/CPA	國泰航空
DL/DAL	達美航空
EG/JAA	日本亞細亞航空
FM/FDE	聯邦快遞航空
GA/GIA	印尼航空
HA/HAL	夏威夷航空
IB/IBA	伊比利亞航空
JL/JAL	日本航空
KE/KAL	大韓航空

KL/KLM	荷蘭航空
LH/DLH	德國航空
MH/MAS	馬來西亞航空
NH/ANA	全日空航空
NW/NWA	西北航空
NZ/ANZ	紐西蘭航空
ON/RON	瑙魯航空
OS/AUA	奧地利航空
OZ/AAR	韓亞航空
PK/PIA	巴基斯坦航空
PR/PAL	菲律賓航空
QF/QFA	澳洲航空
RG/VRG	巴西航空
SA/SAA	南非航空
SK/SAS	北歐航空
SN/SAB	比利時國際航空（SABENA）
SQ/SIA	新加坡航空
SR/SWR	瑞士航空
TG/THA	泰國航空
UA/UAL	美國聯合航空
UL/ALK	斯里蘭卡航空
VS/VIR	維珍航空（Virgin Atlantic）

e) 城市代碼與機場代碼

航空業界已經將全球的大都市以及機場都以三個字母代碼化，以方便航運暨服務的進行，並可將錯誤的發生縮小到最小範圍。

例如與 Albany 同名的城市在美國至少有三處，在澳洲有一處。這些 Albany 的代碼區別方式如下。

美國喬治亞州的 Albany…ABY

美國紐約州的 Albany…ALB

美國奧勒岡州的 Albany…CVO

澳洲的 Albany…ALH

美國都市採用發現美洲大陸的有功人員 —— Christopher Columbus 的名字作為城市名稱的不在少數，至少有以下四座城市。

喬治亞州的 Columbus…CGS

密蘇里州的 Columbus…UBS

內布拉斯加州的 Columbus…CLU

俄亥俄州的 Columbus…CMH

除了英國以外，在其他地區如美國的肯塔基州、加拿大的安大略省也都有倫敦這個地名。

肯塔基州的 London…LOZ

安大略省的 London…YXU

英國的 London…LON

另外，在英國的倫敦有以下四處機場。

Heathrow…LHR（有四棟航站大廈）

Gatwick…LGW

Luton…LTN

City…LCY

Paris 除了在法國有之外，美國的德州也有一處 Paris。它的區別如下：

美國德州的 Paris…PRX

法國的 Paris…PAR

在法國的 Paris，有二個很大的機場：

Charles de Gaulle…CDG

Orly…ORY

Manchester 在英國有一處，在美國的新罕普夏州也有一處。有一次我看到英國某航空公司的時間表上，有一條 MAD—MAN 的路線，原來這個 MAD 是西班牙的馬德里，MAN 是英國的 Manchester。

世界主要機場與都市的三位數 IATA 代碼如下：

AEP	Buenos Aires Aeroparque, Jorge Newbery 布宜諾賽利斯，阿根廷
AKL	Auckland 奧克蘭，紐西蘭

AMS	Amsterdam 阿姆斯特丹，荷蘭
ANC	Anchorage 安克拉治，美國
ATH	Athens 雅典，希臘
ATL	Atlanta 亞特蘭大，美國
AUH	Abu Dhabi 阿布達比，阿拉伯聯合大公國
BCN	Barcelona 巴塞隆納，西班牙
BER	Berlin 柏林，德國
BJS	北京，中國
BKI	Kota Kinabalu 亞庇，馬來西亞
BKK	Bangkok 曼谷，泰國
BNE	Brisbane 布里斯班，澳洲
BOM	Bombay 孟買，印度
BOS	Boston 波士頓，美國
CAI	Cairo 開羅，埃及
CAN	廣州，中國
CCU	Calcutta 加爾各答，印度
CEB	Cebu 宿霧，菲律賓
CHC	Christchurch 基督城，紐西蘭
CHI	Chicago 芝加哥，美國
CJU	Cheju 濟州島，南韓
CKS	桃園中正國際機場，臺灣

CNS	Cairns 凱恩斯，澳洲
CNX	Chiang Mai 清邁，泰國
DLC	大連，中國
DPS	Denpasar-Bali 巴里島，印尼
DUS	Düsseldorf 杜塞爾多夫，德國
ESB	Ankara 安卡拉，土耳其
FBU	Oslo 奧斯陸，挪威
FNJ	Pyongyang 平壤，南韓
FRA	Frankfurt 法蘭克福，德國
FUK	Fukuoka 福岡，日本
GUM	Guam 關島，美國
HAN	Hanoi 河內，越南
HKG	Hong Kong 香港，中國
HKT	Phuket 普吉島，泰國
HND	Hanata 東京羽田機場，日本
HNL	Honolulu 檀香山，美國夏威夷
IAD	Washington-dulles, D.C. 華盛頓，美國
IST	Istanbul 伊斯坦堡，土耳其
JFK	紐約甘迺迪機場，美國
JKT	Jakarta 雅加達，印尼
JNB	Johannesburg 約翰尼斯堡，南非
KIX	大阪關西機場，日本

KUL	Kuala Lumpur 吉隆坡，馬來西亞
LAX	Los Angeles 洛杉磯，美國
LIS	Lisbon 里斯本，葡萄牙
LON	London 倫敦，英國
MAD	Madrid 馬德里，西班牙
MEL	Melbourne 墨爾本，澳洲
MEX	Mexico City 墨西哥城，墨西哥
MFM	Macau 澳門
MIA	Miami 邁阿密，美國
MLE	Maldive 馬爾地夫
MNL	Manila 馬尼拉，菲律賓
MOW	Moscow 莫斯科，俄羅斯
MUC	Munich 慕尼黑，德國
NAP	Naples 那不勒斯，義大利
NGO	Nagoya 名古屋，日本
NRT	Narita 東京成田機場，日本
NYC	New York 紐約，美國
OKA	Okinawa 琉球，日本
OSA	Osaka 大阪，日本
PAR	Paris 巴黎，法國
PEK	北京，中國
PEN	Penang 檳城，馬來西亞

ROM	Rome 羅馬，義大利
ROR	Palau 帛琉
RUH	Riyadh 利雅德，沙烏地阿拉伯
SEA	Seattle 西雅圖，美國
SEL	Seoul 漢城，韓國
SFO	San Francisco 舊金山，美國
SGN	Ho Chi Minh City 胡志明市，越南
SHA	上海，中國
SIA	西安，中國
SIN	Singapore 新加坡
SPK	Sapporo 札幌，日本
SPN	Saipan 塞班島，美國
STO	Stockholm 斯德哥爾摩，瑞典
SUB	Surabaya 泗水，印尼
SYD	Sydney 雪梨，澳洲
TAO	青島，中國
THR	Tehran 德黑蘭，伊朗
TPE	Taipei 臺北，臺灣
TSA	臺北松山機場，臺灣
TYO	Tokyo 東京，日本
VIE	Vienna 維也納，奧地利
VVO	Vladivostok 海參崴，俄羅斯

XMN	廈門，中國
YVR	Vancouver 溫哥華，加拿大
YYZ	Toronto 多倫多，加拿大
ZRH	Zurich 蘇黎世，瑞士

除了上述代碼外，還有些代碼是用來作為計畫飛行行程的地點縮寫，茲舉數例如下：

RJAA	新東京國際機場
RJBB	關西國際機場
RJCC	札幌新千歲機場
RJFF	福岡機場
RJNN	名古屋機場
RJOO	大阪國際機場
RJTT	東京羽田機場
ROAH	那霸機場

輕鬆高爾夫英語

Marsha Krakower著
太田秀明繪
劉明綱譯

你因為英語會話能力不佳，到海外出差或出國旅行時，不敢與老外在球場上一較高下嗎？
本書忠實呈現了球場上各種英語對話的原貌，讓你在第一次與老外打球時，便能應對自如！

透析商業英語的
語法與語感

長野格 著　林　山 譯

商業英語不只是F.O.B.等基
本商業知識，潛藏在你我熟悉
的字彙中的微妙語感與語法才
是縱橫商場的不二法門，掌握
了它，你將是名符其實的洽商
高手。

國家圖書館出版品預行編目資料

航空英語與趣談／舟津良行著：黃怡筠
譯.--初版.--臺北市：三民，民88
　　面；　　公分
ISBN 957-14-3043-9（平裝）

1.英國語言-讀本

805.18　　　　　　　　　　88013370

網際網路位址　http://www.sanmin.com.tw

©　航空英語與趣談

著作人　舟津良行
譯　者　黃怡筠
發行人　劉振強
產著作財
權人　　三民書局股份有限公司
發行所　三民書局股份有限公司
　　　　地址／臺北市復興北路三八六號
　　　　電話／二五○○六六○○
　　　　郵撥／○○○九九九八——五號
印刷所　三民書局股份有限公司
門市部　復北店／臺北市復興北路三八六號
　　　　重南店／臺北市重慶南路一段六十一號
初　版　中華民國八十八年十一月
編　號　S 80315
基本定價　叁元貳角
行政院新聞局登記證局版臺業字第○二○○號

ISBN 957-14-3043-9（平裝）